La tormenta

Crimen y Misterio

Ragnar Jónasson

La tormenta

Serie Inspectora Hulda 3

Traducción del islandés por
Kristinn R. Ólafsson y Alda Ólafsson Álvarez

Seix Barral

Título original: *Mistur*

Seix Barral, un sello editorial de Editorial Planeta, S. A.
Avda. Diagonal, 662-664, 08034 Barcelona (España)
www.seix-barral.es
www.planetadelibros.com

Este libro se ha traducido con la ayuda de:

ICELANDIC LITERATURE CENTER

Adaptación de la cubierta: Booket / Área Editorial Grupo Planeta , a partir de la idea original de Semper Smile, Múnich
Imagen de la cubierta: © plainpicture / Conny Hepting; Shutterstock / MoonRock
Primera edición en Colección Booket: abril de 2026

Depósito legal: B. 24.734-2026
ISBN: 978-84-322-4962-4
Impreso en España

Biografía

Ragnar Jónasson nació en 1976 en Reikiavik, Islandia, y es escritor y abogado. A los diecisiete años se convirtió en el traductor al islandés de las novelas de Agatha Christie. Ha trabajado como periodista de informativos en la radio y la televisión públicas, imparte cursos sobre derechos de autor en la Universidad de Reikiavik y es miembro de la Crime Writers' Association de Reino Unido (CWA), además de cofundador del festival internacional de novela negra de Islandia, el Iceland Noir. Su obra ha recibido múltiples distinciones, entre las que destacan el reconocimiento a la mejor serie de novela negra por *The Independent*, *Sunday Express* y *Daily Express*, además del Dead Good Reader Award y el Premio Best Novel VLCNEGRA 2023. Es autor de la sextalogía Islandia Negra, publicada íntegramente en Seix Barral (*La sombra del miedo*, *La muerte blanca*, *Niebla en el alma*, *La noche eterna*, *La verdad silenciada* y *El crimen del fiordo*), que se desarrolla en el pintoresco pueblo de Siglufjördur, de donde es originaria su familia. Con *La dama* inicia su serie protagonizada por la Inspectora Hulda, que continúa con *La isla* y *La tormenta*, y que cierra en *Hulda*, su última entrega. La serie acaba de ver la luz recientemente como adaptación televisiva de la mano de la prestigiosa Skyshowtime con el título *The Darkness (La oscuridad)*. Las novelas de Ragnar Jónasson se publican con gran éxito en más de treinta países y cuentan con más de cinco millones de lectores.

A Kira y Natalía

Esta obra es ficción en su totalidad y ningún personaje incluido en ella guarda semejanza alguna con la realidad.

Un agradecimiento especial a la fiscal Hulda María Stefánsdóttir por sus consejos en relación con los métodos de trabajo de la policía.

Mis padres, Jónas Ragnarsson y Katrín Gudjónsdóttir, reciben, además, mi más sincera gratitud por la revisión del manuscrito.

Los días pasaron lentos
pero volaron los años
y yo seguí hablándote
en el vacío.

Ólafur Jóhann Ólafsson,
Almanakid (2015)
(«El almanaque»)

PRÓLOGO

Febrero de 1988

Hulda Hermannsdóttir abrió los ojos.

Esa maldita modorra que la tenía atrapada se negaba a desaparecer. Se pasaba todo el santo día deseando echar una cabezadita, incluso en esa silla de oficina dura e incómoda. Por fortuna, como inspectora disponía de su propio despacho en el Departamento de Investigaciones Criminales, así que podía encerrarse con llave y dejar pasar las horas con la mirada perdida o los ojos cerrados. Los documentos se iban apilando frente a ella: se había reincorporado de la baja laboral dos semanas atrás, pero aún no había cogido ningún caso.

Ese comportamiento no le había pasado inadvertido a su jefe, Snorri —no del todo, al menos—, aunque había que admitírselo: se había mostrado comprensivo y transigente. Aun así, ella no había tenido más remedio que volver al trabajo; no aguantaba pasar más tiempo encerrada en casa con Jón, su marido. Ni siquiera la maravillosa belleza natural que rodeaba su chalet en la urbanización costera en la que vivía —esa lengua de tierra de Álftanes— lograba impresionarla; ya no prestaba oídos al rumor del océano, no veía las estrellas del cielo o las auroras boreales, aun cuando las tenía ante sus propios ojos. Y Jón y ella apenas se hablaban. Hulda había renunciado a iniciar cualquier conversación con él, y se limitaba a contestarle si Jón le preguntaba algo.

La oscuridad de febrero tampoco ayudaba. Aquella era la época más fría y gris del año, y cada día parecía peor que el anterior. Por si eso no bastase, había nevado copiosamente todo el mes, sepultando la ciudad y obstruyendo las carreteras. Los coches se quedaban bloqueados en las calles y Hulda se las veía y se las deseaba para recorrer las vías secundarias de Álftanes en su Škoda, a pesar de los neumáticos reglamentarios con clavos, antes de llegar sana y salva a la autovía principal de Kópavogur.

Durante un tiempo, había albergado serias dudas de si sería capaz de regresar al trabajo. De hecho, llegó a dudar de si sería capaz de volver a salir de casa, de la cama, de debajo del edredón. Pero, al fin y al cabo, solo tenía dos opciones: quedarse en casa con Jón o sentarse en su despacho de sol a sol, pese a que las jornadas no le cundieran para hacer prácticamente nada.

Optó por lo segundo, y se pasaba los días metida ahí dentro, moviendo papeles e informes de un lado a otro, fingiendo leer, pero incapaz de engañarse a sí misma. Las cosas no podían seguir así, pensaba: debía empezar a mejorar de inmediato. Sabía que jamás superaría el sentimiento de culpa, aunque, seguramente, con el paso del tiempo se iría atenuando. Al menos podía aferrarse a esa esperanza. Sin embargo, en paralelo, su ira se agudizaba. Día tras día notaba cómo la furia y el odio iban acumulándose en su interior. Sabía que eso no le hacía ningún bien, pero no podía evitarlo. Debía encontrar un cauce a esos sentimientos, de un modo u otro...

Cuando el teléfono sonó sobre su escritorio, Hulda no reaccionó. Continuó sumida en su propio mundo y ni siquiera alzó la mirada hasta pasado un buen rato. Entonces, por fin, moviéndose muy despacio, como si estuviera bajo el agua, descolgó el auricular de su teléfono de sobremesa:

—Hulda.

—Hola, Hulda. Soy Snorri.

Dio un respingo. Su jefe no solía llamarla, salvo en caso de emergencia. Por norma, la comunicación entre ambos se limitaba a las reuniones formales matutinas. En el día a día, él rara vez metía las narices en las investigaciones.

—Sí, hola, ¿qué tal?

—¿Podrías acercarte un momento a mi despacho? Ha ocurrido algo.

—Voy para allá.

Colgó el teléfono, se puso en pie y se miró en el espejito que llevaba en el bolso. Por muy mal que se sintiera, estaba decidida a no mostrar ningún signo de debilidad en el trabajo. Por supuesto, todos sus colegas estaban al tanto de su situación, pero a esas alturas nada le daba tanto miedo como la idea de que volvieran a concederle la baja por enfermedad. Necesitaba mantenerse ocupada para no volverse loca.

Cuando entró en el despacho de Snorri, mucho más amplio que el de ella, este le sonrió. Hulda percibió con claridad su compasión y maldijo para sus adentros, temerosa de que cualquier muestra de amabilidad por su parte socavara el autocontrol que tanto le había costado conseguir.

—¿Qué tal estás, Hulda? —preguntó él, ofreciéndole asiento antes de que tuviera oportunidad de contestar.

—Bueno, bien, dadas las circunstancias.

—¿Cómo llevas la vuelta al trabajo?

—Aún me estoy poniendo en marcha tras la baja; atando cabos sueltos en varios casos del año pasado... Va poco a poco.

—¿Estás completamente segura de que puedes hacerlo? Desde luego, estoy dispuesto a concederte una baja más prolongada si te hace falta. Claro que nosotros también te necesitamos aquí, como sabes, pero queremos asegurarnos de que estás en condiciones de hacer frente a cualquier tarea por difícil que sea.

—Entiendo.

—¿Y lo estás?

—¿Si estoy qué?

—¿En condiciones de hacerlo?

—Sí —mintió, y miró a Snorri directamente a los ojos, sin dar señales de titubeo.

—Bien. En ese caso, Hulda, ha surgido algo y me gustaría que lo investigaras.

—¿Ah, sí?

—Un asunto muy feo. —Su jefe hizo una pausa antes de fruncir el ceño y subrayar sus palabras con un gesto del brazo—. Feo de cojones, de hecho... Unas muertes en el este. Tenemos que enviar a alguien allí a más tardar ahora mismo, y no hay nadie con tu experiencia que esté disponible en este momento.

Hulda pensó que Snorri podría haberlo disfrazado de cumplido algo mejor, pero lo dejó pasar.

—Por supuesto, iré; me siento totalmente preparada para ello —contestó, a sabiendas de que no era así—. ¿Dónde tengo que ir?

—A no sé qué granja perdida en mitad de ninguna parte, en las montañas. Es increíble que todavía haya gente que se dedique a la ganadería.

—¿Y quién es la víctima? ¿Lo sabemos?

—¿La víctima? No, perdona, me temo que no te he hecho el retrato completo: por lo visto no estamos hablando de un solo cuerpo... Y la escena, según tengo entendido, es bastante desagradable. Resulta que aún no se ha esclarecido cuánto tiempo llevan allí los cadáveres; lo más probable, desde Navidades...

PRIMERA PARTE

DOS MESES ANTES, A POCOS DÍAS DE LAS NAVIDADES DE 1987

1

«Fin.»

Erla dejó el libro a un lado, se recostó en el viejo sillón raído e inspiró hondo.

No tenía ni idea de qué hora era; hacía mucho que el reloj de pie del salón se había estropeado, seguramente unos cuantos años. Ellos no sabían cómo arreglarlo, y el reloj era tan pesado y tan poco manejable que nunca se habían planteado en serio cargar con él hasta el viejo jeep y llevarlo por la larga y bacheada carretera hasta el pueblo. Ni siquiera estaban seguros de que cupiese en el coche, ni de que alguien del pueblo tuviera buena mano para reparar un mecanismo de ese tipo. No, no, se limitarían a dejarlo ahí y listo, como un adorno más del salón. El reloj perteneció en su día al abuelo de Einar, su marido; lo había traído de Dinamarca, o eso decían. El hombre había ido allí a formarse en una escuela agrónoma; luego regresó a casa y se hizo cargo de la granja. Eso se daba por supuesto, solía decir Einar. Después le tocó el turno a su padre, antes de que, finalmente, Einar cogiese el testigo. El abuelo había fallecido hacía ya tiempo; y también el padre: una muerte prematura. Trabajar la tierra, incluso el mero hecho de vivir allí, se cobraba un peaje tanto mental como físico.

Y ahora, encima, hacía frío, lo que tampoco era de extrañar en esa época. La casa ya tenía sus años, y bajo ciertas condiciones atmosféricas, la única manera de conservar el calor era arrebujarse entre mantas en alguna de las habitaciones, como el salón. Y justo eso era lo que Erla había hecho. La manta le mantenía el cuerpo caliente, pero las manos, que le asomaban por fuera, las tenía ateridas, así que no siempre le resultaba sencillo pasar las hojas del libro. Aun así, lo soportaba. Leer le proporcionaba más placer que ninguna otra cosa que conociese: un buen libro podía transportarla muy muy lejos, a algún lugar completamente distinto, a otro país, otra cultura, donde el clima fuese más cálido y la vida más fácil. Eso no implica que ella fuese una ingrata o que no le gustasen la granja o el entorno; no era eso. Al fin y al cabo, era la casa familiar de Einar, así que solo cabía hacer de tripas corazón y apañarse. Erla, por su parte, había crecido en la ciudad, en el Reikiavik de los años de posguerra, y nunca había soñado con convertirse en la esposa de un granjero en las salvajes Tierras

Altas islandesas, pero luego conoció a Einar, se enamoró y perdió la cabeza. Aún rondaban los veintipocos cuando tuvieron a su hija, Anna.

Y hablando de Anna: su casa era bastante mejor que la de ellos. Era de construcción más reciente que la propia granja, algo alejada de esta, y antaño se empleaba para alojar a los labradores arrendados en la finca. Lo peor de esa distancia era que complicaba el pasar a verse cuando hacía tan mal tiempo, como ahora, salvo, claro, con grandes dificultades. Einar solía dejar aparcado el jeep durante los meses más crudos del invierno, ya que incluso con la tracción a las cuatro ruedas, los neumáticos con clavos y las cadenas servían de poco cuando comenzaba a nevar en serio, día tras día. En esas condiciones, no quedaba otra que ir vadeando la nieve o usar esquís de fondo, y era una suerte que tanto ella como Einar fuesen excelentes esquiadores. Desde luego, habría sido divertido poder subir más a menudo a las pistas de esquí de verdad —aunque fuera muy de vez en cuando— y retarse en ellas, pero nunca tenían tiempo para ese tipo de cosas, y tampoco es que les sobrase el dinero; la economía de la granja iba muy justa, no era de recibo gastar a espuertas en ocio y viajes. Con todo, rara vez discutían al respecto, el objetivo ahora, como en tantas otras ocasiones, era la lucha por la subsistencia, mantener la granja a flote y funcionando. Ella sabía que, para Einar, además, estaba en juego el honor de la familia; llevaba sobre los hombros todo el peso de sus antepasados, quienes lo vigilaban desde cualquier recoveco.

Su abuelo, el primer Einar Einarsson, velaba por ellos en la parte más vieja de la casa, donde Erla se encontraba sentada en ese momento; la estructura original de madera la había construido él mismo «con sus propias manos desnudas, con sangre y sudor», tal y como su marido le dijo en una ocasión. Y el padre de Einar, Einar Einarsson segundo, los vigilaba desde el ala nueva, como la llamaba a veces Erla: la ampliación de hormigón que ahora albergaba los dormitorios y que se construyó cuando Einar Einarsson tercero, su esposo, todavía era niño.

Por su parte, Erla no sentía la misma reverencia por sus antepasados. Rara vez hablaba de ellos. Sus padres estaban divorciados y vivían en Reikiavik, y a sus tres hermanas las veía poco. Como es lógico, la distancia tenía parte de culpa, aunque en realidad su familia nunca había estado muy unida. Tras el divorcio de sus padres, las hermanas prácticamente dejaron de verse y las reuniones familiares se podían contar con los dedos de una mano. Erla no lo lamentaba demasiado, aunque, por supuesto, habría estado bien contar con el respaldo de su propia familia; en su lugar, se integró en la de Einar y se centró en cultivar la relación con ellos.

Se quedó sentada en el sillón, aún sin fuerzas

para levantarse. Después de todo, no había adónde ir salvo a la cama, y le apetecía seguir despierta un poco más, saboreando la paz y la tranquilidad. Hacía un buen rato que Einar se había acostado. Para él, madrugar era una virtud y, en cualquier caso, tenía que hacerlo para dar de comer a las ovejas. Por si no fuera bastante, en esa época del año, cerca ya de las Navidades, los días eran más cortos, así que Erla no veía ninguna razón terrenal para salir de la cama a primera hora, cuando todavía era noche cerrada fuera. No empezaba a clarear hasta casi al mediodía, y esa era una hora estupenda para despertarse en diciembre. Ambos habían aprendido a no discutir por semejantes nimiedades, e intentaban no hacer una montaña de un grano de arena cuando surgía alguna controversia. Tampoco es que allí abundaran las visitas, así que era importante que congeniaran. Y sí, aún se amaban, quizá no como cuando se conocieron, pero su amor había evolucionado conforme su relación maduraba.

Erla casi lamentaba haberse acabado el libro tan rápido; debería haberlo saboreado un poco más despacio. La última vez que se acercaron al pueblo, sacó en préstamo quince libros de la biblioteca. Obviamente, eso sobrepasaba el cupo autorizado, pero ella tenía un acuerdo especial, como era natural dadas sus circunstancias. También se le permitían préstamos más prolongados, a veces incluso de hasta dos o tres meses cuando el clima era realmente malo. Y ahora se había terminado los quince; el último, con una rapidez inusual, y solo Dios sabía cuándo podría visitar la biblioteca de nuevo. La embargó esa familiar sensación de vacío que solía asaltarla cuando algo se acababa y sabía que no tenía posibilidad de ir a por más. Se sentía inmóvil, no podía moverse hacia delante ni hacia atrás. «Sensación de vacío» quizá no lo captaba del todo; sería más correcto decir que se sentía cautiva de la alta montaña.

En la granja estaba prohibido hablar de «claustrofobia». Era un concepto que tenían que evitar, porque, si no, la mera idea habría sido insoportable.

Sofocante...

Sí, el último había sido un libro realmente bueno; el mejor de los quince, aunque no tanto como para volver a leerlo. Y ya había leído todos los demás —los que habían comprado o bien heredado con la casa—, algunos incluso más de una vez.

Su mirada se posó en el abeto de Navidad que adornaba uno de los rincones del salón. Era de lo más vistoso; por una vez, Einar se había molestado en escoger un ejemplar bonito. Su aroma llenaba el pequeño salón, un acogedor recordatorio de que las fiestas estaban a la vuelta de la esquina. En esas fechas siempre hacían lo posible por desterrar la oscuridad, aunque solo fuera durante un rato; con ello, la sensación de aislamiento casi se convertía en una soledad bienvenida. A Erla le gustaba saber que durante esa temporada de paz y de descanso de sus labores se quedarían completamente solos, de forma literal, por el simple hecho de que nadie lograría llegar tan lejos tierra adentro en la nieve, salvo que estuviera absolutamente empeñado en ello. Y eso nunca había pasado hasta ahora.

Aún tenían que adornar el árbol: la costumbre era hacerlo en San Torlaco, la víspera de Nochebuena. Sin embargo, ya habían dejado algunos paquetes debajo. Era absurdo tratar de esconder los regalos; hacía tiempo que los habían comprado, y tampoco es que tuviesen la opción de ir de tiendas el día de Nochebuena para conseguir un regalo de última hora o nata para la salsa.

Alguno de los regalos que había bajo el árbol contenían libros —eso lo sabía—, y estaba tentada de darse el gusto anticipado de abrir uno. Einar siempre le regalaba libros, por lo menos uno o dos, y lo que más le ilusionaba de la Nochebuena era precisamente descubrir de qué títulos se trataba, para luego acomodarse en el sillón bueno con una caja de bombones al lado y el típico refresco navideño islandés de naranjada y malta, y leer hasta altas horas de la madrugada. En ese momento, todo estaba listo para la Navidad: la caja de bombones sin abrir descansaba sobre la mesa del comedor; en la despensa, la esperaban las botellas de malta y naranjada que nadie podía tocar hasta las fiestas. Y, por supuesto, el plato principal de la cena de Nochebuena consistiría en carne de cordero ahumada. Como el año pasado, como el anterior a ese, como siempre...

Erla se levantó, notando cómo el frío le mordía en cuanto prescindió del calor de la manta de lana. Se acercó a la ventana del salón, descorrió las cortinas y miró fuera, a la oscuridad. Estaba nevando. Aunque eso ya lo sabía. Ahí siempre nevaba en invierno. ¿Qué cabía esperar, viviendo tan en el interior y tan por encima del nivel del mar? Sonrió para sus adentros; desde luego, ese no era un lugar apto para humanos, no en esa época del año. El tesón de los antepasados de Einar resultaba admirable en cierto sentido, pero ahora Erla tenía que pagar las consecuencias; ahora ella se encontraba encadenada ahí.

La finca tenía que seguir explotándose, viniera lo que viniese. No es que ella fuera a quejarse, por supuesto que no. En la última década, algunas de las granjas en las proximidades —si es que podía llamarse así a semejante vastedad de terreno— habían sido abandonadas, y la reacción de Einar siempre había sido la misma: maldecía a los huidos por su cobardía, por rendirse tan fácilmente. Además, si se marchaban, ¿de qué se suponía que iban a vivir? Ni siquiera estaban seguros de poder sacar algo decente por el terreno, en caso de que quisieran venderlo, y tampoco había muchas oportunidades laborales por la zona. Tras tantos años siendo su propio jefe, Erla no podía imaginarse a Einar tolerando trabajar para otra persona.

—Erla, cariño —llamó una voz ronca desde la alcoba. Estaba segura de haber oído sus ronquidos hacía poco—. ¿Por qué no vienes a la cama?

—Ya voy —contestó ella, y apagó la lámpara del salón, así como la vela que tenía prendida en la mesita, a su lado, más que nada para crear un ambiente acogedor mientras leía.

Einar había encendido la lámpara de lectura. Todo estaba como de costumbre: él, tendido en su lado de la cama; sobre la mesilla de noche, el vaso de agua y un libro de Laxness. Erla conocía bien a su marido; sabía que le hacía sentir bien dormir con un libro del único premio nobel islandés sobre la mesilla, aunque no conseguía avanzar mucho en él una vez acostado. Tenían la mayoría de sus novelas, y ella las había leído todas más de una vez, y más de dos. En realidad, lo que él leía a esas alturas eran periódicos y revistas viejas, además de artículos sobre temas paranormales. Los periódicos que tenían siempre estaban desfasados, claro, algunos más que otros, y en esa época del año a veces pasaban meses enteros entre uno y otro. Aun así, estaban suscritos al periódico portavoz de su partido político, cuyos ejemplares se iban acumulando en la oficina de correos entre una visita y la siguiente, y también estaban abonados a alguna que otra revista, como por ejemplo *Selecciones*.

Aunque ella entendía su interés por la actualidad, en la vida podría leer cuentos de fantasmas y libros de médiums; no en un lugar como en el que vivían.

En invierno no pasaba un día sin que viera algo que le provocara escalofríos; por supuesto, no creía en fantasmas, pero ese aislamiento, ese silencio, esa maldita oscuridad... Todo eso intensificaba cualquier chirrido en un tabique o un tablón del suelo, cualquier aullido del viento, cualquier juego de luces y sombras hasta tal punto que a veces no estaba segura de si, quizá, debía creer en los fantasmas después de todo; a lo mejor eso hacía su vida más soportable.

Sin embargo, sentada a la luz de la vela leyendo un libro, se perdía por completo en los mundos exóticos de las historias sin que los dichosos fantasmas lograsen jugarle una mala pasada.

Erla se echó en la cama e intentó acomodarse; trató de sentirse ilusionada por el día de mañana, pero eso resultaba más fácil de decir que de hacer. Deseaba que le gustara aquel entorno —aquel aislamiento— tanto como a Einar, pero sencillamente era incapaz. Sabía que el día siguiente no iba a ser mucho mejor, y podía estar segura de que no se diferenciaría en casi nada del día que ya tocaba a su fin. Por supuesto, la Navidad rompía en cierto modo la monotonía, pero eso era todo. La Nochevieja sería un día como otro cualquiera, aunque cenarían con suntuosidad: carne de cordero ahumada, como en Nochebuena. La lástima era que llevaban muchos años sin tirar fuegos artificiales. El acceso que tenían a semejantes artilugios explosivos era limitado; su excursión para aprovisionarse de cara a las Navidades era, por norma, en noviembre, cuando aún no solía haber cohetes a la venta, y resultaba difícil justificar un traslado extra, en pleno invierno, con el único fin de comprarlos. Luego, además, estaban bastante de acuerdo sobre el sinsentido de lanzar pirotecnia en medio de la nada. Al menos eso es lo que decía Einar, y ella se había mostrado conforme, aunque en su fuero interno admitía que a veces echaba de menos el colorido que acompañaba al cambio de año.

—¿Por qué trasnochas tanto, cariño?—preguntó él en tono afectuoso.

A Erla le entraron ganas de señalarle que aún no eran ni las once, pero ahí, en esa eterna oscuridad, la hora no importaba mucho. Los dos vivían cada uno según su propio ritmo: se acostaban demasiado temprano, se levantaban demasiado temprano. Las silenciosas protestas de ella, que consistían en quedarse en el salón leyendo, no daban resultado alguno.

—Estaba terminando un libro —contestó ella—. No tenía sueño. Luego he estado dándole vueltas a si debemos llamar a Anna, a ver si va todo bien. —Y después añadió, contestando a su propio pensamiento—: Pero probablemente es tarde para llamar ahora.

—¿Puedo apagar?

—Sí, por favor —asintió a regañadientes.

Él apagó la luz y la oscuridad los envolvió. Era tan feroz y, sin embargo, tan mesurada. No se veía ninguna mínima lucecilla por ningún lado. Ella percibía cómo caía la nieve en el exterior, y sabía que no irían a ningún lado —salvo, claro, a casa de Anna— hasta enero como pronto. Esa era la vida que se habían labrado; solo era cuestión de aguantar.

2

Eran las diez y media pasadas. Hulda se encontraba delante del portal, buscando las llaves de casa en su bolso y blasfemando en silencio, porque ahí fuera no se veía prácticamente a un palmo de distancia. La bombilla estaba fundida y el débil resplandor del alumbrado público no servía de casi nada.

Jón había prometido comprar una bombilla nueva, pero saltaba a la vista que no le había dado prioridad al asunto. Su casa estaba más o menos en plena campiña, junto a la costa, en Álftanes. Siempre le había parecido un buen lugar para vivir, aunque desde hacía unos meses una maldita sensación de pesadumbre se cernía sobre la familia, como una especie de nubarrón que flotaba sobre sus cabezas.

Al final encontró las llaves, no había querido llamar al timbre por si acaso Jón y Dimma estaban dormidos. De todos modos, tenía previsto llegar a casa aún más tarde porque se suponía que le tocaba guardia hasta bien entrada la madrugada, pero por una vez la noche se había presentado tranquila, así que Snorri la había dejado marcharse. Era un hombre bastante perspicaz, eso había que reconocerlo, y seguramente había notado que las cosas no le iban del todo bien en casa. Tanto ella como su marido, Jón, trabajaban demasiado, y sus horarios no eran nada convencionales.

Jón trabajaba como inversor y como mayorista, y era autónomo; aunque en teoría eso debería haberle dado un control considerable sobre su tiempo, en la práctica pasaba largas horas encerrado en su despacho en casa o en reuniones en la ciudad. Ella, por su parte, tenía que hacer horas hasta tarde cuando había mucha carga de trabajo, y también guardias vespertinas y nocturnas cuando se le requería, además de cubrir algún que otro festivo. Ese año, por ejemplo, le tocaba guardia el día de Navidad. Con un poco de suerte, no habría mucho ajetreo y lograría llegar a casa a una hora razonable.

Todo estaba en calma en el interior de la vivienda; las luces del salón y la cocina estaban apagadas. Hulda reparó enseguida en que no había olor a comida en el ambiente. Por enésima vez, Jón no se había molestado en preparar la cena para él y su hija. Se suponía que él debía cuidar de que Dimma comiera decentemente; no estaba bien que se alimentase solo de leche con cereales mañana y noche. Desde luego, el humor de la niña no mejoraría si no comía en condiciones; bastante difícil se había puesto, de todas formas. Tenía trece años y su adolescencia no había empezado con buen pie. Dimma parecía hacer caso omiso a sus amigos del colegio y solía quedarse sola en casa cada tarde, metida en su cuarto. Hulda se había imaginado que sería estupendo criar a una hija en Álftanes, en una urbanización que era la justa mezcla de aldea y campo, relativamente cerca de Reikiavik y, aun así, con la naturaleza a mano y ese aire del mar tan sano y vivificante. Sin embargo, ahora debía admitir que tal vez se habían equivocado, que tal vez debían mudarse más cerca del centro de la ciudad y darle a Dimma la oportunidad de tener más vida social.

Hulda estaba ya en el pasillo cuando la puerta del cuarto de Dimma se abrió de improviso y Jón salió.

—Vaya, ¿ya has vuelto? —exclamó, desplegando una sonrisa y mirándola directamente a los ojos—. ¿Tan pronto? Creía que me iba a tocar aguantar despierto hasta tarde para verte.

—¿Qué hacías en la habitación de Dimma? ¿Está dormida?

—Sí, como un tronco. Solo estaba echando un vistazo. Parecía algo indispuesta esta tarde y quería ver qué tal estaba.

—¿Cómo? ¿Tiene fiebre?

—No, no le he notado la frente caliente. Creo que lo mejor es dejarla dormir. Está un poco decaída estos días... —Se acercó a Hulda y la abrazó para luego casi arrastrarla hasta el salón—. ¿Por qué no nos sentamos un rato y nos tomamos una copita de vino, amor? Me he acercado hoy a una bodega y he comprado dos botellas de tinto.

Hulda dudó, preocupada por Dimma. Había algo en todo eso que le daba muy mala espina, pero intentó apartar esas ideas; debía intentar relajarse después de la jornada de trabajo. Su empleo ya era de por sí bastante exigente, no hacía falta estar en tensión en casa también. Y a lo mejor Jón llevaba razón, a lo mejor lo que necesitaba era una copa para relajarse antes de ir a dormir.

Se quitó el abrigo y lo colocó sobre el sofá antes de sentarse. Jón fue a la cocina y volvió con una botella y dos viejas copas de vino que en su día habían pertenecido a los abuelos de ella. La descorchó, no sin dificultad, y sirvió en las copas. Con los impuestos sobre las bebidas alcohólicas, que se habían vuelto prohibitivos, ese era un lujo poco habitual. Además, los horarios restringidos del Ríki, la tienda de licores estatal, tampoco se lo ponían fácil para acercarse a comprar alguna botella de vez en cuando.

—Vaya, vino tinto, ¡esto sí que es una sorpresa! ¿Qué celebramos?

—Ha sido un buen día —contestó él—, un buen día. Creo que por fin he logrado vender la casa de la calle Hverfisgata, esa con la que he tenido líos. El banco me ha estado dando la lata, me la quería quitar. Esos malditos chupatintas no tienen ni idea de cómo funcionan los negocios. ¡Chinchín!

—Chinchín.

—A veces desearía que viviéramos en el extranjero, en alguna parte, donde se pudiera tratar con banca de verdad. No tiene sentido trabajar en un entorno donde el politiqueo contamina todas las decisiones, donde la antigua clase política dirige todos los bancos; es absurdo. Yo no pertenezco al partido correcto, y eso se paga. —Suspiró.

Hulda solo escuchaba a medias. Le faltaba paciencia para seguir los pormenores de los interminables embrollos de Jón. Bastante tenía ya con los suyos, solo que ella, a diferencia de su marido, seguía a rajatabla la norma de no llevarse trabajo a casa. Le dejaba a él todos esos barullos. Parecía saberse todos los trucos. Unas veces compraba un fabuloso inmueble y luego, de repente, lo había vendido con no se sabía qué beneficios, y entre medias trajinaba montando una empresa mayorista. De todas maneras, había que reconocerle que les había asegurado una estupenda situación financiera a lo largo de los años. Tenían el magnífico chalet en el que vivían, dos coches, y podían permitirse algún que otro lujo de vez en cuando; por ejemplo, solían salir a cenar con Dimma una o dos veces al mes, normalmente a su hamburguesería favorita, aunque hacía un montón de tiempo desde la última. Su pequeña ya parecía demasiado mayor para querer salir a cenar con sus padres, y en las últimas semanas y meses había rechazado en más ocasiones de las deseables sus invitaciones.

—Jón, ¿por qué no salimos a cenar mañana?

—¿En San Torlaco, víspera de Nochebuena? Seguro que estará todo a reventar.

—Bueno, no pensaba en nada especial, solo nuestro sitio de siempre, unas hamburguesas y patatas fritas.

—Pues... —Él hizo una breve pausa antes de zanjar—: Ya veremos. Pero de todas formas seguro que lo tendrán abarrotado y encima el tráfico siempre se complica según avanza el día. Y además tenemos que montar el árbol.

—¡Maldita sea! —soltó ella—. Se me ha olvidado comprarlo hoy.

—Ay, Hulda, habías prometido que te encargabas tú de eso. Sigue abierto el puesto de venta de abetos al lado de tu trabajo, ¿no?

—Sí, sí, paso por delante con el coche todos los días.

—Pues quizá puedas ir a por uno mañana por la mañana. Supongo que no nos va a quedar otra que conformarnos con las sobras, algún arbolucho destartalado.

—¿Has comprado ya algún regalo extra para Dimma? —preguntó Hulda al cabo de unos segundos—. Hablamos de mirar alguna joya, ¿no? Yo ya he comprado el libro que creo que quiere; al menos, siempre le gusta leer en Nochebuena. Y también sé que mi madre le ha tejido un jersey, ya sabes, para que esté a salvo del Gato de la Navidad...

Hulda sonrió al pensar en el gato malvado que, según la tradición, se comía a los niños islandeses que no recibían ropa nueva en Navidad.

—No sé qué podría gustarle —dijo Jón—, no da la menor pista, pero lo solucionaré mañana. —Se rio—. ¿En serio crees que va a ponerse un jersey tejido por tu madre? —Y antes de que ella pudiese replicar, añadió—: Este tinto está de muerte. ¡Y el precio, en consonancia!

—Sí, está bien —asintió ella, quien, sin embargo, no estaba tan acostumbrada a beber como para distinguir lo caro de lo barato en materia de vinos—. No te burles de mi madre, hace lo que puede.

Hulda, en ocasiones, se tomaba a pecho cómo hablaba Jón de su madre, aun cuando la relación madre-hija no era todo lo buena que debería. También quería procurar que Dimma llegase a conocer a fondo a su abuela, y al menos eso había ido bien.

—Hace siglos que tu madre no se deja ver el pelo —añadió Jón, y a pesar de que el comentario parecía hecho medio en broma, ella sabía que detrás se escondía una especie de crítica, dirigida a ella misma o a su madre. O puede que a ambas.

—No, es culpa mía. He estado tan liada que no

he tenido tiempo para invitarla a visitarnos, si te soy sincera.

Eso solo era una verdad a medias, incluso menos. Lo cierto era que no disfrutaba particularmente la compañía de su madre, la comunicación siempre resultaba demasiado forzada e incómoda. Su madre a veces podía ser muy asfixiante, muy agobiante. Y nunca jamás hablaban de nada importante.

Hulda había pasado en torno a sus dos primeros años de vida internada en una casa cuna, y se moría de ganas de preguntar a su madre sobre su pasado y sobre qué la llevó a dejarla allí. Sospechaba que la responsabilidad de esa decisión recaía en sus abuelos, y, sin embargo, casi le había sido más fácil perdonarlos a ellos que a su propia madre. Por supuesto, no se acordaba de nada de aquellos años, pero desde que se enteró, aquello le pesaba como una losa. Puede que eso explicase la poca conexión que lograba con su madre: le costaba lidiar con la idea de que la abandonó allí, de que no la quiso.

Tomó otro sorbo de ese tinto caro de Jón. Al menos ahora sí la amaban. Tenía un matrimonio feliz con Jón y una hija maravillosa. Ojalá Dimma se sacudiese esa apatía de encima en Navidades.

En ese instante oyó movimiento en el pasillo.

—¿Se ha despertado? —preguntó, e hizo ademán de levantarse.

—Quédate sentada, amor —dijo Jón agarrándole un muslo con más fuerza de la necesaria, pero Hulda no se quejó.

Luego escuchó una puerta cerrarse y una llave girar.

—Solo habrá salido al baño. Tranquila, amor. Tenemos que darle espacio. Está creciendo muy deprisa.

Por supuesto, tenía razón. La entrada en la adolescencia era todo un cambio y, seguramente, cada niño lo afrontaba de forma distinta. Esa fase quedaría atrás, puede que ella solo tuviese que dejar en paz a Dimma. Como madre, se la comía la ansiedad, pero a veces había que dejarse guiar por la sensatez.

Se quedaron en silencio un rato, algo que siempre les había resultado fácil a los dos. Jón volvió a llenarle la copa a Hulda, aunque en realidad no hacía falta; aun así, ella lo aceptó agradecida.

—En Nochebuena cenaremos lomo de cerdo ahumado, como siempre, ¿no? —se interesó Jón.

Probablemente, no se había dado cuenta de que el lomo ya estaba a buen recaudo en la parte más baja de la nevera.

—¿No habéis cenado nada esta noche? —inquirió Hulda—. Y sí, cenaremos lomo, por supuesto.

—No he tenido tiempo. Me he comprado un sándwich de camino a casa y Dimma siempre se las apaña sola. ¿No hay *skyr* y cosas por el estilo en el frigorífico?

Hulda asintió con la cabeza.

—¿Mucho que hacer en el trabajo? —preguntó él, afable, cambiando de tema.

—Pues sí, la verdad. Siempre andamos tratando de sacar adelante demasiados casos, y no tenemos personal suficiente.

—Ya será menos... Vivimos en el país más pacífico del mundo.

Ella sonrió en un intento de cortar el tema. Algunos de los casos en los que se veía metida eran de lo más desagradables, y no tenía ningún interés en hablar de ellos. Además, le estaba costando quitarse uno de la cabeza, aunque había sucedido hacía ya algunos meses: el de la joven que había desaparecido allí, en el suroeste del país, cerca del pueblo de Selfoss. Un caso raro; tal vez no estaría de más volver a escarbar un poco en él al día siguiente.

De nuevo escuchó movimiento en el pasillo. Hulda se puso en pie por puro instinto, pese a las protestas de Jón.

Salió al pasillo y vio a Dimma. La chica estaba al lado de la puerta de su cuarto, a punto de entrar. Se detuvo y miró a su madre a los ojos, con rostro inexpresivo. Como en otro mundo.

—Dimma, cariño. ¿Aún estás despierta? ¿Va todo bien? —preguntó Hulda, con una voz que se tiñó involuntariamente de un ápice de desesperación.

Dio un respingo cuando Jón, de improviso, le rodeó los hombros con un brazo. Dimma los miró primero a uno y luego al otro, sin decir nada, antes de desaparecer en el interior de su cuarto.

3

Erla estaba sentada a la mesa de la cocina, enfrente de Einar. De fondo, en una radio de onda larga, la voz de un locutor daba el boletín de noticias del mediodía en una lucha constante con los zumbidos y chirridos del aparato. La cobertura era de las peores de todo el país y, según les habían dicho, en realidad tendrían que dar gracias por captar alguna señal, la que fuera. En todo caso, y aunque la señal iba y venía, normalmente era posible discernir las palabras, incluso en los peores momentos. Para Erla la radio era un salvavidas, requisito imprescindible para seguir viviendo en ese lugar. Aun siendo una ávida lectora, no le cabía en la cabeza pasar los fríos y oscuros meses invernales sin la radio. Tenía predilección por el radioteatro y las radionovelas; en realidad, por cualquier cosa que la ayudase a evadirse. Solía servir el almuerzo mientras sonaba la «última canción antes de las noticias» —costumbre muy arraigada en Radio Nacional de Islandia, que invariablemente emitía una pieza islandesa de corte tradicional justo antes del boletín del mediodía— y luego comían escuchando las noticias, por lo que la conversación entre los dos quedaba en mínimos. La comida variaba poco de un día a otro: pan de centeno, suero de leche y sobras recalentadas de la noche anterior; en esta ocasión, sopa de carne de cordero. Un delicioso aroma llenaba la cocina.

Erla observó a su marido: parecía cansado, con ojeras y con la frente surcada por arrugas, aunque aún rondase los cincuenta y pocos. Había trabajado muy duro toda su vida y no vislumbraba el fin de esa brega. Poco a poco habían perdido el contacto con viejos amigos y conocidos de la comarca, y pasaban aislados gran parte del año. Einar siempre había tenido fuertes ideas políticas, pero a esas alturas se limitaba a comprar el periódico del partido y votarlos en todas las citas electorales; ya había dejado de tomarse tan en serio la actualidad nacional y había renunciado a discutir sobre política. En cualquier caso, ambos solían estar de acuerdo, así que Erla no tenía a nadie con quien discutir, salvo tal vez la radio.

A pesar de las eternas promesas, seguían sin recibir la señal televisiva. Cada año era motivo de fricción con los responsables, pero, hasta la fecha, ningún repetidor cubría su zona. En cierto modo, quizá no era tan malo vivir lejos del yugo de la tele, como en los viejos tiempos, pero Erla debía admitir que le habría gustado poder sentarse por la noche a ver las noticias y las series sobre las que leía en los periódicos. Ahora incluso se había inaugurado una cadena privada, pero era pura fantasía contar con que alguna vez podrían captar sus emisiones por esos parajes.

—Se prevé un descenso de las temperaturas —dijo Einar a media voz tras el parte meteorológico.

Muchas veces, demasiadas, sus conversaciones de sobremesa versaban sobre el tiempo. Por supuesto, era un tema de interés, pero en ocasiones Erla echaba de menos llevar sus charlas a un terreno algo más elevado.

—Ajá. —Asintió con la cabeza.

—Y un temporal, un puñetero temporal. No nos salvamos ni de uno este invierno: nieve y más nieve.

—Así son las cosas, Einar. ¿Qué esperabas? Siempre ha sido así; siempre nos quedamos atrapados aquí.

—Bueno, «atrapados» suena un poco fuerte. Es normal que las cosas se compliquen en lo más crudo del invierno —replicó él antes de volver a su sopa, evitando la mirada de Erla.

Ella ya había terminado de comer, pero no se levantó. Solían quedarse a la mesa juntos durante los almuerzos; y, de todas formas, no tenía ninguna prisa: no había nada especial que hacer salvo recoger después de la comida.

Dio un respingo al escuchar un ruido inesperado.

Parecía que alguien hubiese llamado a la puerta.

Miró a su marido, que se había quedado petrificado, con la cuchara llena de sopa en la mano y cara de susto. Así que él también lo había oído.

—¿Anna? —preguntó Erla—. ¿Será Anna?

Einar no contestó.

—Acaban de llamar a la puerta, Einar, ¿verdad?

Él asintió con la cabeza y se levantó. Erla siguió su ejemplo y fue tras él hasta el salón, y de ahí al recibidor, ambos a paso lento. A lo mejor, Einar creía que en realidad lo habían oído mal, quizá solo había sido una jugarreta del viento.

Pero Erla sabía que no era así.

Había alguien ahí fuera.

4

Hulda estaba sentada en la cantina de la comisaría, pasando por el aro de comer raya fermentada. Apenas aguantaba su hedor, aunque su sabor —a amoniaco puro— no era tan horrible como cabía esperar; aquel pescado de la familia de los escualos estaba lejos de ser uno de sus platos favoritos. Una vez al año, en el día de San Torlaco, como mandaba la tradición, se servía raya fermentada en el trabajo, y quienes no podían con ella tenían que contentarse con comer tostadas en medio de la asfixiante peste a raya, o salir del edificio y comprarse un perrito caliente o algo por el estilo en el puestecito de la esquina.

Esa mañana, Jón y ella le habían preguntado a Dimma si le gustaría ir a cenar una hamburguesa después del trabajo. Sugerencias de este tipo siempre habían dado en la diana antaño, pero aquel día

Dimma había reaccionado con desinterés, diciendo que estaba enferma, y la verdad era que tenía aspecto de cansada, aunque cuando Hulda le puso la mano en la frente, no le notó fiebre. De todas formas, no había perdido la esperanza de que la chiquilla se animase a lo largo del día y pudieran pasárselo bien en San Torlaco.

Lo que tenía claro era que esa noche iba a sacar a su hija de casa aunque fuera a rastras, iban a salir bajo la nevada a la céntrica calle de Laugavegur, donde la familia a lo mejor compraría uno o dos regalos y disfrutarían del ambiente navideño para luego tomarse un chocolate caliente al volver a casa. Sí, puede que no fuese mala idea comprar alguna cosita más para dejar bajo el árbol para Dimma; desde luego necesitaba algo para levantar los ánimos. El día de su confirmación había recibido un equipo de sonido con un estupendo tocadiscos, así que tal vez Hulda podría encontrar algún álbum nuevo como regalo extra. A lo mejor incluso podrían abrirlo esa misma noche, después de adornar el árbol.

En todo caso, no pensaba permitir que la chica se saliese con la suya y siguiese así de enfurruñada en Navidad. Jón y ella tendrían que remangarse y sacar a su hija de esa..., en fin, de esa depresión. Aunque hablar de «depresión» quizá fuese ir demasiado lejos, ¿verdad? Una chiquilla de trece años difícilmente sufriría de depresión. Hulda se arrepintió de sus pensamientos, avergonzada de hacer una montaña de ese asunto. Eso solo empeoraba las cosas.

Sí, Dimma estaba atravesando la típica fase de rebeldía adolescente. «Se le pasará», pensó Hulda.

5

Otra vez llamaron a la puerta, todavía más fuerte que antes. Y, de nuevo, Erla dio un respingo.

Einar estaba ya junto a la entrada, y aún dudó un segundo antes de abrir. Erla permanecía detrás de él, a una distancia prudencial.

Los recibió una ráfaga de nieve, como cristales sueltos arrastrados por un soplo de viento, y luego distinguieron la silueta de un hombre, muy abrigado, con un gorro de gruesa lana en la cabeza.

—Disculpad, ¿me permitís entrar? —dijo en voz baja.

—¿Eh? Sí, sí, claro —respondió Einar con una vacilación poco habitual en él, y Erla pudo adivinar por su voz que tenía miedo.

Y eso que pocas veces se asustaba.

A ella no le sonaba para nada el recién llegado, y había que admitir que todo eso resultaba de lo más inusual. Nunca recibían visitas en invierno.

En verano, sí, cuando a menudo llegaba gente joven que trabajaba para ellos a cambio de comida y alojamiento. Era un arreglo bastante apañado.

—Muchas gracias. —El forastero cruzó el umbral—. Muchas gracias.

Se quitó la mochila de la espalda y la dejó en el suelo del recibidor. Luego se sentó en una silla y comenzó a desatarse las botas.

—No hay de qué —respondió Einar, algo más tranquilo que antes, le pareció a Erla—. No solemos recibir a muchos visitantes en invierno. ¿Qué digo? Sería más exacto decir que no recibimos a ninguno. Este no es lo que se dice un sitio muy accesible.

El visitante asintió con la cabeza.

—Cierto. —Ya se había quitado una de las botas y se estaba desanudando la otra. La nieve derretida goteaba en el suelo—. Perdonad. Quizá tendría que haberme descalzado fuera.

—No digas tonterías. Ven y entra en calor, amigo —contestó Einar—. ¡Como si no pudiésemos aguantar un poco de nieve dentro de casa! Ya lo creo que sí.

—Gracias, luego la secaré.

Se deshizo de la otra bota y después de la parka. Tenía las mejillas sonrosadas por el frío y estaba ojeroso del cansancio.

«No va a ser capaz de volver a casa antes de Navidad», se le pasó por la cabeza a Erla. Desde un punto de vista puramente egoísta, no era tan mala perspectiva: pocas veces tenía ocasión de organizar un verdadero convite navideño. Según el parte meteorológico, el tiempo iba a empeorar, y sería casi imposible que ese hombre emprendiese el camino de regreso en ese momento. Parecía agotado; por lo demás, no se veía que le pasase nada. Su primera reacción automática había sido comprobar si la nariz, las mejillas y los dedos del tipo presentaban signos de congelación, pero parecía todo en orden.

Aun así, se inquietó un tanto. Lo escrutó de soslayo; había algo en su talante que le daba mala espina. Algo difícil de definir. Instintivamente, retrocedió unos pasos hasta el salón. Einar bloqueaba la puerta del recibidor. Aunque él mismo había invitado al hombre a entrar, la actitud de su marido era vigilante. A fin de cuentas, un completo extraño había entrado en su hogar y, hasta el momento, no había dado ninguna explicación del motivo de su visita. Pero seguro que eso llegaría pronto.

—Estábamos acabando de almorzar —dijo Einar—. ¿Quieres pasar a la cocina y comer algo? Tendrás hambre, ¿no?

—Eso sí sería de agradecer. La verdad es que me muero de hambre.

—Tenemos pan, y creo que queda un poco de sopa —continuó Einar.

Erla se mantenía en un segundo plano.

Einar guio al recién llegado a través del salón

hasta la cocina y ella los siguió a cierta distancia. Por el camino, el visitante se tomó su tiempo, examinándolo todo alrededor detenidamente, como si entrase por primera vez en un hogar rural islandés. Y, en efecto, puede que así fuese.

Se sentaron a la mesa. En el aparato de radio sonaba música clásica, con las interferencias de costumbre de fondo. El recién llegado comió con avidez, y durante un rato nadie dijo nada. Einar y Erla se miraron. ¿Debía ella romper el hielo y preguntar?

—Es un placer recibir una visita, un gusto inesperado —dijo al final—. Me llamo Erla, por cierto. —Le ofreció la mano y él la estrechó.

—Y yo soy Einar —se presentó su marido.

—Perdonad mi mala educación —respondió el hombre—. Es que venía agotado y muy hambriento. Me llamo Leó.

—Y bien, Leó, ¿qué te trae por aquí en esta época del año?

—Es toda una historia —contestó el hombre, y Erla creyó percibir cierta tensión en su voz—. Andaba de viaje con dos amigos de Reikiavik. Se supone que hoy ya tendríamos que estar de vuelta en casa, pero me las apañé para perderles la pista sin querer.

Suspiró.

—¿Te perdiste?

—Sí, creo que me desorienté. Ellos tienen mucha más experiencia que yo. Supongo que ahora mismo deben de estar muy preocupados.

—¿Y qué hacíais por la zona?

—Estábamos cazando perdices nivales. ¿Puedo hacer una llamada? Tenéis teléfono, ¿verdad? —Se puso en pie.

—Sí, sí —respondió Einar—. La línea se entrecorta cuando hay nevadas y mal tiempo, pero estaba bien la última vez que...

—Ayer —intercaló Erla—. Llamamos ayer.

—Está en el salón —añadió Einar—. Es una línea compartida, así que la conexión puede tardar un poco. Tendrás que armarte de paciencia.

Leó salió.

—¿Y cómo se consigue señal? —gritó este desde el salón al rato.

—No hace falta pulsar nada. —Einar se levantó y entró en el salón—. Deberías oír un tono de marcación al descolgar el auricular.

Erla se quedó sentada, escuchando cómo los dos hombres trataban de establecer comunicación.

—Maldita sea —dijo Einar al volver a la cocina—. No ha habido manera, debe de haberse caído la línea.

—¿La línea? Pero ¿qué pasa con... qué pasa con...? —Erla dejó que las palabras se desvaneciesen—. ¿Estás seguro? Hace siglos que no pasa eso...

—Es el peso de la puñetera nieve —se lamentó Einar—. Siempre esta puñetera nieve.

—¿Se arreglará? —preguntó Leó.

—Eso depende, a lo mejor tenemos que esperar

a que venga alguien a solucionarlo. A nosotros no nos dan ninguna prioridad, como te puedes imaginar. —Einar sonrió—. Me temo que esto te pone en una situación complicada, pero que me aspen si sé qué podemos hacer. La carretera está imposible para nuestro jeep en estas condiciones; normalmente no salimos de casa en pleno invierno.

—Sí, entiendo —contestó Leó—. Aunque no sé si me veo capaz de volver ahora mismo.

—No, no, por supuesto que no. Quédate aquí el tiempo que necesites. Estaba pensando que lo urgente es hacerles llegar un mensaje a tus amigos, para que sepan que estás vivo, ¿no?

—Sí, eso es —respondió Leó—. Solo espero que no envíen un equipo de rescate a buscarme, aunque supongo que no sería tan raro.

—Entonces darán con nosotros —dijo Einar.

—A propósito de eso, ¿cómo diablos nos has encontrado? —preguntó Erla—. ¿Sabías que había casas aquí arriba?

—¿Cómo? ¿Hay más?

—De hecho, son dos —contestó Einar.

—No, no, no sabía que por aquí viviera nadie —replicó Leó.

Erla seguía con esa sensación incómoda en las tripas. Estudió al hombre, que había vuelto a sentarse a la mesa de la cocina, y trató de averiguar si decía la verdad, pero le costaba leer en su interior: su mirada era resuelta y decidida, pero el rostro apenas expresaba nada. Era de constitución fuerte, saludable. Le calculó unos cuarenta y tantos años. A pesar de la fatiga, no parecía en muy mal estado para alguien que acaba de pasar por semejante calvario, pero, claro, las apariencias engañan.

—He dado con vosotros por pura casualidad —prosiguió—. ¡Menuda suerte! Había unas balizas que sobresalían de la nieve aquí y allá, así que he imaginado que por ahí iba una carretera, y he intentado seguirla. Pero ¿dices que solo hay dos casas en toda esta zona?

—Sí, y de hecho es una zona muy extensa —respondió Einar.

—En esta granja solo vivimos nosotros —explicó Erla—. Nuestra hija, Anna, vive a un buen trecho de aquí.

—Has tenido mucha suerte —agregó Einar.

—Me doy cuenta —repuso Leó, saboreando la sopa.

Erla estaba segura de que se había quedado helada, pero al visitante no parecía importarle.

—No han dicho nada sobre esto en las noticias del mediodía. —Nada más decirlo, Erla lamentó sus palabras.

Se impuso un silencio tenso. Ella observó que Einar la miraba, evidentemente contrariado por su comentario.

—¿Sobre qué? —preguntó Leó, aunque era obvio que sabía de sobra a qué se refería.

—Sobre ti, sobre tu desaparición.

—Sí, es verdad. Ahora que lo dices, no había caído en que podría convertirme en noticia. Pero, de todos modos, mis colegas son unos tíos duros de pelar y dudo que vayan a ir corriendo a la policía. Seguro que están intentando localizarme ellos mismos. No ha pasado tanto tiempo y tienen un mapa de la zona, o uno de los dos lo tiene. Vuestra granja figurará en los mapas, ¿verdad? Seguro que ya vienen de camino. —Sonrió, apurado.

—En algunos mapas, sí. Imagino que se presentarán por aquí dentro de poco si han perdido el contacto contigo en esta zona. Es lo único razonable.

La conversación se extinguió y durante un rato nadie dijo esta boca es mía. A Erla le daba apuro tener los ojos clavados en el visitante mientras comía, así que miraba a su marido y por la ventana, alternativamente. En ese instante no nevaba, pero seguía el ventarrón y, como de costumbre, la casa se unía a los aullidos del viento, que se colaba por todos los resquicios entre las maderas y por todas y cada una de las ventanas mal selladas. En los peores momentos, cuando las heladas alcanzaban su punto álgido, no había manera de calentar la casa lo suficiente como para vencer el frío, justo como la noche anterior. La temperatura exterior ahora era algo más suave, pero aun así a buen seguro continuaba bajo cero. Resultaba inusitado que, en ese paraje, superara los cero grados en pleno invierno.

—Muchísimas gracias por la comida —dijo Leó finalmente. Su cuenco de sopa estaba vacío y solo había dejado un poco de pan.

—Te quedarás con nosotros. Tenemos un cuarto de invitados ahí al fondo —se ofreció Einar.

—Muy amable, muchísimas gracias.

—Te acompañaría de vuelta al pueblo mañana, pero es que es Nochebuena, y no querría pasarla lejos de casa. Es un trayecto largo, ¿entiendes? Puedes celebrar la Navidad con nosotros y después iremos juntos, aunque también podría indicarte el camino y punto, si lo prefieres.

—De ningún modo quisiera alterar vuestros planes de Navidad —se apresuró a asegurarles Leó—. Intentaré salir mañana por la mañana, si me he recuperado lo suficiente. Supongo que esta noche caeré redondo después de la aventura de hoy. —Bostezó—. E intentaré salir a primera hora para que disfrutéis de las fiestas en paz.

Erla seguía sintiéndose mal en presencia del visitante. Había algo en su comportamiento que no le daba buena espina, algo falso. Algo sutil pero amenazante.

—Tu familia debe de estar preguntándose dónde te has metido.

Era más una afirmación que una pregunta.

Leó reaccionó de manera extraña, con una mueca difícil de descifrar, y no respondió de inmediato, lo hizo al cabo de unos segundos, como si no aguantara más el silencio:

—No, no; no hay nadie que me espere.

—Esta es una época inusual para organizar un viaje de caza —continuó Erla. Le resultaba difícil creer una sola palabra de lo que aquel hombre les había contado, y le sorprendía la paciencia de Einar. Quizá solo era cortesía por su parte, criado desde siempre en la idea de no cerrarle las puertas a nadie—. Justo antes de Navidades, me refiero.

Otra vez pasó un buen rato antes de que Leó contestara:

—A mis colegas y a mí no es que nos apasione la Navidad, para serte sincero. De todas formas, teníamos intención de volver en coche a Reikiavik mañana por la mañana. Aunque ahora todo el plan se ha ido a la mierda. —Sonrió—. Perdonad mi lenguaje. No puedo describir lo aliviado que me he sentido al ver luz en vuestra casa. Estaba completamente perdido, y muerto de miedo de que..., bueno, de que la oscuridad me alcanzara.

—La oscuridad de aquí es tremenda, sí —respondió Erla en voz baja, cortante, y notó que Leó se estremecía ligeramente—. Espero que no te asuste.

—No, no, me las arreglaré. Y... ¿qué, pues? O sea, ¿con qué os entretenéis aquí las largas noches de invierno? Supongo que no recibiréis señal de televisión, ¿no?

—¡No, a Dios gracias! —dijo Einar.

Erla le echó una miradita fugaz; lo conocía lo suficiente como para saber que lo que más deseaba era cambiar de tercio e impedir que ella siguiese con esa especie de interrogatorio al hombre.

—Entonces, a lo mejor podemos sentarnos esta noche y compartir una conversación en condiciones —comentó Leó, y una incómoda gravedad tiñó sus palabras.

—Erla, ¿por qué no le enseñas a Leó el cuarto de invitados? —sugirió Einar.

Ella se puso en pie a regañadientes. Hubiera preferido que aquel hombre se largase sin demora. Temía dormir bajo el mismo techo que él, aunque intentaba convencerse a sí misma de que esas elucubraciones suyas carecían de lógica: ¿qué razón posible podría tener para querer hacerles daño? Además, eran dos contra uno.

—Sí, por favor. —Sonrió, mirándola directamente a los ojos, y por un instante ella se avergonzó de sus suspicacias. Era un hombre de buen ver, alto y robusto, con espeso pelo negro, aunque ya entrecano—. Y gracias de nuevo; no sé en qué situación estaría ahora si no os hubiera encontrado.

Y entonces, otra vez, a Erla le vino a la cabeza que en las noticias no habían hecho ninguna mención a un hombre desaparecido. Eso era inquietante, aunque, por supuesto, podría tener su explicación.

—Debo salir a echarles un ojo a los animales —dijo Einar—. Ponte cómodo, Leó, y quédate aquí con nosotros el tiempo que desees.

Erla lo guio hasta el cuarto de invitados, una

habitación pequeña al lado del antiguo dormitorio de Anna. Se usaba poco, por lo que, al abrir la puerta, los recibió un ambiente cargado. Leó abrió la ventana y una corriente de aire fresco se coló de inmediato dentro. En la habitación había un viejo diván raído, una cómoda y una mesilla de noche. La cómoda contenía ropa de cama y ropa vieja que el matrimonio y Anna habían dejado de usar, y encima descansaban fotografías antiguas enmarcadas; unas, de los padres de Einar y otros antepasados; otras, de su propia colección: una foto en blanco y negro de cuando Einar y Erla comenzaron a salir, cuando eran jóvenes e insensatos y daban tumbos en su tiempo libre en un viejo cacharro por esas carreteras de gravilla del país. Incluso entonces ya flotaba en el aire la certeza de que Einar tendría que hacerse cargo de la granja, pero ella siempre había intentado soslayar el tema, esperando que los dos, al final, trazaran su propio camino y se instalaran en la capital, incluso llegó a pensar que viajarían de vez en cuando al extranjero, pero nada de eso se había cumplido. Y ahora ese maldito aislamiento los estaba matando vivos...

Había también una foto de familia: el matrimonio y Anna, ya en la adolescencia, una hermosa jovencita pelirroja.

—Aquí tienes ropa de cama. —Erla señaló la cómoda e intentó no sonar demasiado seca.

—Gracias, muchas gracias.

Leó la observó durante un rato incómodamente largo, le pareció a ella. Como si estuviera intentando calarla, por alguna razón. Pero a lo mejor era solo cosa suya, que se dejaba llevar una vez más por su propia imaginación.

Entonces el tipo avanzó uno o dos pasos hacia Erla y ella casi dio un respingo, creyendo por un instante que iba a atacarla. Respiró aliviada cuando él se detuvo y dijo:

—Creo que voy a echarme un rato. Estoy bastante hecho polvo.

Erla asintió con la cabeza mientras lo esquivaba con torpeza para salir de la habitación.

—Voy a acercarme al establo, con Einar. Búscanos si necesitas algo. Con un poco de suerte, estarás de vuelta en tu casa mañana —añadió, y cerró la puerta tras de sí.

Lo cierto es que no tenía costumbre de ayudar a Einar a dar de comer al ganado; él se las apañaba perfectamente solo, pero no deseaba quedarse a solas con ese hombre, al menos no de momento. Se puso un jersey de lana, una parka gruesa y unas botas de goma, y salió al frío. En realidad, lo peor no era la temperatura extrema. Le gustaba bastante sentir el aire helado que acompañaba a los gélidos vientos del invierno, y una podía abrigarse para protegerse del frío más atroz. La oscuridad, en cambio, la turbaba. Las noches de invierno evitaba salir, porque solo se veía oscuridad por todos lados, salvo si había luna llena, claro. Ningún tenue destello de luz a la vista, ninguna esperanza. Y la casa de Anna estaba demasiado lejos, detrás de cerros y colinas, de modo que desde allí no llegaba la más mínima lucecilla. La luna era su amiga y las dos congeniaban bien; en esas ocasiones era asumible estar fuera por la noche. Y luego estaba el aislamiento, ese maldito aislamiento, esa certeza de no poder ir a ninguna parte, de saber que, si algo malo ocurre, no hay donde buscar ayuda... Erla apartó esos pensamientos con rapidez.

Había dejado de nevar por ahora, pero no pasaría mucho tiempo antes de que volviera a caer nieve en abundancia. Los neveros se iban acumulando en esa época, todo congelado y parado hasta bien entrado febrero, si tenían suerte, y si no, hasta marzo.

Fue entonces cuando divisó las pisadas que había dejado Leó al llegar. Siguió las huellas un trecho bastante largo —sin saber muy bien por qué—, y se dio cuenta de que el hombre sí había seguido el camino, tal como había dicho. El único camino. El que llegaba desde el pueblo hasta la casa de Anna, y luego hasta la granja.

El huésped había indicado con claridad que no había visto otra casa. ¿Cómo era posible, a menos que hubiese mentido? A pesar del frío, Erla empezó a sudar bajo el grueso jersey de lana y la parka. Lenta y deliberadamente, se volvió, oyendo el aullido del viento, cegada por la capucha. De pronto estaba convencida de que el visitante, Leó —si es que se llamaba así—, la había seguido afuera y se encontraba justo detrás de ella.

No era así, sin embargo. Ahí estaba ella, sola en la nieve, dejando que los fantasmas de su imaginación la asustaran, como en tantas otras ocasiones anteriores. De todos modos, sintió la necesidad de volver a entrar en casa y planteárselo con calma: era una maldita mentira. Seguro que no había ni una pizca de verdad en su relato.

Regresó a grandes zancadas hasta la casa, pero, con las botas hundiéndose en la nieve, no lograba ir tan rápido como hubiese deseado y se sintió como en una pesadilla, atascada en cada paso.

Al final abrió la puerta para luego dar pisotones contra el felpudo y sacudir la mayor parte de la nieve de sus botas. Entonces alzó los ojos como un rayo, porque esta vez había visto un fantasma de verdad. Su corazón dio un latido de más al encontrarse con la mirada de Leó. Se hallaba de pie en medio del pasillo, pero Erla habría jurado que acababa de verlo salir a toda prisa del dormitorio principal.

6

—La principal hipótesis que manejamos es que la chica se habría subido al coche del hombre equivocado —dijo el teniente de policía de Selfoss al otro lado del teléfono—. Por nuestra parte, no hay nada más que pueda arrojar luz sobre el caso.

—Ya veo —contestó Hulda.

No llevaba nada bien el hecho de que esa desaparición siguiera todavía sin resolverse, a pesar de que cabía la posibilidad de que la chica sencillamente hubiera decidido esfumarse. A veces sucedían cosas similares. No obstante, según otra de las hipótesis que contemplaba la policía, la muchacha habría hecho autostop, y podría haberse topado con un conductor que le hubiera hecho daño.

La chica en cuestión —una veinteañera del municipio reikiavikense de Gardabær— se había tomado un año sabático en sus estudios. Era de buena familia: padre abogado, madre enfermera. La inspectora había hablado en reiteradas ocasiones con ambos y nada indicaba que algo no fuese bien en casa. Todo apuntaba a una chica de lo más normal, que, literalmente, se había evaporado en el aire.

—¿Y por vuestra parte? —preguntó el teniente.

—¿Por nuestra parte?

—Sí, ¿cómo va la investigación? Estás al cargo, ¿verdad?

—Sí, sí, pero me temo que no hemos hecho ningún avance. Las pocas pistas de que disponíamos han resultado ser callejones sin salida, la verdad. Precisamente por eso te he llamado, tenía la esperanza de que hubierais avanzado algo más.

La joven se había alojado en una vieja casa de campo a las afueras del pueblo de Selfoss. Constaba su estancia allí, pero luego, nada de nada. Como es lógico, habían peinado la casa de arriba abajo, pero no había rastro de enfrentamiento de ningún tipo, ni tampoco indicios de que alguien más hubiera estado allí con ella. Y su equipaje había desaparecido, así que todo sugería que se había ido de allí por voluntad propia.

La policía había organizado una búsqueda a lo largo de las orillas del Ölfusá, el río glaciar que atravesaba la ciudad, así como por una amplia franja de pastos por los alrededores de la casa de campo. Visitaron las viviendas y casas vacacionales del vecindario y publicaron avisos sobre su desaparición, pero nadie acudió a la llamada. A partir de entonces, la policía comenzó a albergar la inquietante sospecha de que ella, tal y como lo había expresado el teniente, se había subido al coche del hombre equivocado. Era joven y vulnerable, guapísima, a juzgar por las fotografías, pelirroja y alta, pero muy acostumbrada a viajar pese a su juventud. Una buena chica, en eso habían coincidido todos, y, además, artista; de hecho, se había tomado ese año sabático para dedicarse a escribir y a pintar. Con fuertes inclinaciones artísticas, había dicho su madre en una ocasión en la que Hulda había ido a visitar al matrimonio a Gardabær, ese municipio encajado entre Kópavogur y Hafnarfjördur que, de hecho, la pillaba de camino a su casa de Álftanes: «Sus poemas tenían una sencillez pura y sincera, y ahora por fin iba a hacer realidad su sueño de escribir una novela».

Al principio, el caso había despertado un gran interés en los medios, aunque luego la atención había ido disminuyendo a medida que pasaba el tiempo, y Hulda tuvo la sensación de que la mayoría de la gente daba por sentado que la chica se había quitado la vida, a pesar de que la policía no tenía ningún indicio para suponerlo.

—Te avisaré si hay novedades, Hulda —dijo el teniente—, pero yo que tú no me haría muchas ilusiones. Ha sido algún pervertido, ya lo verás; algún hijo de puta que la habrá engañado para que subiese a su coche y... en fin, habrá intentado forzarla. Por desgracia, no sería la primera vez que sucede algo así y siempre acaba mal. Estoy completamente seguro de que está muerta, seguro al cien por cien. Lo sabremos antes o después. Creo que no hay nada que podamos hacer ahora mismo.

Lo cierto era que Hulda pensaba lo mismo, y sin embargo sentía cierta obligación hacia la chica. Era uno de sus casos, y estaba sin resolver. Además, necesitaba distraerse con algo. El eterno mal humor de Dimma había empezado a poner a prueba la vida familiar.

—¿Hay algo que podamos hacer? —preguntó Hulda—. ¿Algún hilo del que tirar, aunque sea fino?

Tras unos segundos de silencio, el teniente respondió:

—Vete a casa con tu familia, Hulda; ya casi es Navidad.

Hulda mascculló una despedida y colgó, algo airada.

En el trabajo, el personal andaba tranquilo. Todo el mundo tenía la mente puesta en las fiestas navideñas y no había ningún caso grave sobre la mesa, por lo menos nada que no pudiera esperar hasta después de las celebraciones. A Hulda, por añadidura, le tocaba guardia el 25 de diciembre, así que en principio podría acercarse al centro un minuto para comprar algo para su hija y luego volver a casa temprano. Pero sabía que no lo haría. Estaba metida en una constante lucha por probar su valía en el maldito patriarcado y no podía dar muestras de debilidad. No podía ser «la mamá» que sale del trabajo temprano el día de San Torlaco. Tenía que demostrar que su dedicación era incluso mayor que la de sus compañeros varones. Así eran las cosas.

Devolvió su atención a hojear una y otra vez los informes, pero con la mente puesta en Dimma.

7

Unnur volvió a entrar en la casa de campo una última vez para asegurarse de que no había olvidado nada. La estancia había sido muy agradable y tranquila. Aquel verano se había dejado guiar sobre todo por el azar, liberada de las ataduras educativas por el momento; más libre que nunca. Ella misma había sido la primera en sorprenderse cuando decidió tomarse un año sabático, a pesar de que la resolución había resultado más fácil de lo esperado. Siempre había destacado en sus estudios, y sus padres —un matrimonio convencional de Gardabær— habían dado por sentado que entraría directamente en la universidad. También ella lo daba por hecho, pero entonces una amiga suya decidió irse al extranjero durante un año para «encontrarse a sí misma».

En realidad, Unnur no tenía ninguna necesidad de encontrarse a sí misma, no estaba perdida, pero la idea le atraía. Dedicar un año entero a todo y a nada, conocer a gente nueva y tal vez escribir un poco. Quizá esa fuese la razón principal, al fin y al cabo: tenía ganas de escribir un libro. Siempre le había gustado escribir, desde niña, y en los últimos años llevaba madurando la idea de una novela. Se le pasó por la cabeza marcharse al extranjero, como su amiga, aunque al final resolvió viajar por Islandia y dejar que el azar guiase sus pasos. No tenía un destino establecido y tampoco le sobraba el dinero, así que le tocaba ingeniárselas. Por supuesto, podría habérselo pedido a sus padres, pero no quiso. Tenía intención de valerse por sí misma.

Las últimas semanas las había pasado en una vieja casa de campo, al este de Reikiavik, a las afueras de Selfoss. Acorde a su plan, había acabado allí por casualidad: a través de una amiga supo que en ese lugar había una casa que se cedía gratuitamente a artistas, y Unnur se había puesto en contacto con el propietario por si acaso, a sabiendas de que apenas podría ser considerada una artista, aunque tuviera ganas de escribir un libro. El propietario resultó ser una propietaria: una mujer jubilada con quien quedó para tomar café y hablar de lo divino y lo humano. Hicieron buenas migas al instante, y la mujer aceptó prestarle a Unnur la casa «todo el tiempo que necesites. Tú solo deja las llaves bajo el felpudo cuando te vayas».

Y ahora Unnur notaba que ya era hora de continuar el viaje. La escritura de la novela iba acep-

tablemente bien, todo escrito a mano en cuadernos; ya tenía uno lleno y llevaba bastante del siguiente. Además de eso, había conocido a algunas personas interesantes durante su estancia y, aunque los vecinos más próximos se encontraban algo a desmano, procuraba reunirse con ellos de vez en cuando. Era una necesidad para su creación artística; no se había metido por aquella senda para encontrarse a sí misma, como su amiga, sino para descifrar a los demás; captar y comprender el mundo. Entonces, con suerte, sería capaz de plasmar negro sobre blanco todos los pensamientos que le rondaban por la cabeza y convertirlos en un libro.

Tras asegurarse de que no se dejaba nada en la casa, cerró la puerta con la llave y la escondió concienzudamente bajo el felpudo. Todo su equipaje —lo más valioso, sus cuadernos— cabía en una mochila grande. Había llegado la hora de irse a alguna otra parte, a ver sitios nuevos y conocer a gente nueva en un entorno diferente. No importaba tanto dónde y, en realidad, no había tomado ninguna decisión al respecto, ni tampoco hecho ninguna previsión. Libre como un pájaro. Así era como se sentía mejor.

Unnur echó a andar tranquilamente por la carretera en dirección a Selfoss. Había poco tráfico a esa hora, aún no había amanecido. Estaba acostumbrada a levantarse temprano para estudiar, y eso no había cambiado ahora que había tomado las riendas de su vida y no tenía más obligaciones que consigo misma. También opinaba que era importante mantener una disciplina estricta para lograr buenos resultados en la escritura de la novela. Además, le gustaba tanto ese estilo de vida que empezaba a acariciar la idea de renunciar a la universidad. Sabía que en ese terreno se iba a encontrar con la oposición de sus padres, y a lo mejor eso solo era una especie de quimera; una fantasía que sonaba bien ahora y que rechazaría a la hora de la verdad. En cualquier caso, estaba decidida a terminar la novela, pasara lo que pasase.

Sabía por experiencia que, viajando a dedo, podía tardar bastante en conseguir que alguien la recogiera; muy pocos conductores estaban dispuestos a parar su coche y dejar que un desconocido subiera a bordo. Casi sin excepción, los que se detenían se dirigían a ella en inglés: no se podían creer que una islandesa estuviese sola, a pie de carretera, haciendo autostop. A ella le gustaba no encajar en ningún estereotipo. Su madre no habría querido ni oír hablar de recorrer el país a dedo, así que le había soltado la mentirijilla de que echaría mano de los servicios de autobuses de línea para sus desplazamientos. Por lo demás, sus padres sabían lo mínimo: que iba a dedicar un año entero a viajar por Islandia, conocer a gente nueva y trabajar de lo que le fuese saliendo para sobrevivir. De vez en cuando, Unnur les enviaba una carta, y ellos la dejaban en paz por completo. Se fiaban de su hija. Ella les había prometido que al cabo del año volvería a su casa, en Gardabær, y comenzaría la universidad.

Unos cuantos coches habían pasado por delante sin que los conductores le prestasen especial atención. No pasaba nada, no tenía ninguna prisa. El siguiente capítulo de la aventura estaba a punto de empezar. Lo que más le apetecía era conseguir un alojamiento a cambio de trabajo, aunque la verdad era que también se podía permitir el lujo de pagar el hospedaje; obviamente, se había traído sus ahorros. No era ninguna millonaria, pero sabía cómo estirar el dinero. Además, la certeza de que sus padres le enviarían lo que necesitase era una buena red de seguridad. Pero, de todos modos, había resuelto no recurrir a ellos, salvo en caso de extrema necesidad... En su casa iban muy bien de dinero, sus padres habían recibido una buena educación, y encima venían de familias adineradas. En cierto modo, a Unnur le molestaba haber crecido rodeada de esos privilegios. Ante todo deseaba ser independiente, arreglárselas por sí sola, y ahora al fin tenía la sensación de que había cortado el cordón umbilical.

Al oír que se acercaba un automóvil, se detuvo en el arcén y se dio la vuelta. Era un viejo BMW blanco. Sus padres habían tenido uno igual. Unnur sacó el dedo pulgar y el conductor aminoró la marcha. Por fin. Ahora podría dar el próximo paso, pese a que en realidad no sabía adónde la llevaría ese viaje.

8

Erla se quedó petrificada sobre el felpudo sin poder articular palabra. Su corazón palpitaba desbocado y, por primera vez en mucho tiempo, estaba muerta de miedo.

—Buscaba el... el baño —dijo Leó.

Estaba mintiendo, eso ella lo tenía claro. Habían dejado la puerta del dormitorio abierta, como siempre, y no había manera de confundirlo con el lavabo. Además, la puerta del baño también estaba abierta, al lado del cuarto de invitados, así que resultaba imposible que a él se le hubiera pasado por alto.

—E-está... —tartamudeó ella—, está ahí, más adentro, junto a tu cuarto.

—Sí, sí, claro, claro; ahora me acuerdo.

Sonrió. Era una sonrisa encantadora, a su manera, aunque Erla percibía ante todo una amenaza. No se vio capaz de hacerle ninguna pregunta comprometida sin tener a Einar presente. Le entraron ganas de meterse en su dormitorio a ver si había removido algo, pero decidió dejarlo para otro momento. En su lugar, optó por volver a salir derecha al frío, aun cuando eso seguramente resultase raro, y buscar el amparo de Einar en el establo.

Su corazón aún latía con fuerza mientras veía cómo su marido daba de comer a las ovejas. El establo estaba lleno de los familiares sonidos de balidos y masticaciones, el dulce aroma del heno mezclándose con el olor del estiércol y la lana, y el calor que ascendía de los lomos en movimiento de las ovejas. Erla solía disfrutar de la compañía de los animales, pero, con los años, había llegado a verlos como otro eslabón en la cadena que la mantenía prisionera allí.

Se preguntaba qué debía contarle a Einar, o si bastaría con estar alerta, vigilar al visitante y mantenerse cerca de su marido. Confiar en que nada sucediera, en que el intruso se largase sin más a la mañana siguiente. Sin embargo, tenía el horrible presentimiento de que se trataba de una quimera.

—¿Va todo bien, cariño? —preguntó Einar.

Seguramente se le notaba la cara de susto.

—Sí, sí, todo bien. Solo estoy un poco inquieta por ese hombre. No me gusta tenerlo aquí.

—¿Inquieta? ¿Por qué? Ya estamos acostumbrados a los visitantes esporádicos, cariño.

—Lo sé, pero eso es diferente.

—¿Diferente en qué sentido? Siempre tenemos algún trabajador nuevo en verano, además de los ayudantes habituales. También ellos son extraños. Incluso has estado sola con algunos huéspedes aquí.

Ella asintió con la cabeza.

—La única diferencia es que a este pobre diablo no vamos a cobrarle nada. No sería ético. Es nuestro deber ofrecerle refugio, ¿no te parece? ¿O quieres que le cobremos?

—¿Que le cobremos? No, claro que no. Ese no es el problema, Einar. ¿Todo esto no te parece raro?

—Es cierto que no solemos ver a gente en invierno, pero eso no significa que sea imposible, cariño. No sigamos por ahí; mostrémosle al pobre hombre algo de hospitalidad. Muy pronto se irá por donde ha venido.

Erla volvió a hacer un gesto afirmativo, resignada.

9

La oscuridad ya había caído. Einar y Erla estaban sentados a la mesa, cenando con su invitado. De fondo se oía la radio con las noticias: la voz del locutor llegaba entre chasquidos y zumbidos, distorsionada por la estática, atravesando montañas, páramos y fríos desiertos volcánicos desde la capital, en la otra punta del país. Por un instante, Erla observó su cocina a través de los ojos del visitante. Los muebles amarillos y blancos, herencia de los padres de Einar, no eran los que el matrimonio hubiese elegido. La mesa de la cocina también era vieja, de madera maciza, pero las sillas las había comprado Erla. Al principio le irritaba vivir siempre en casa de otros, pero se había ido acostumbrando a lo largo de los años, y ahora todos esos sentimientos se habían difuminado. Ya no le importaba lo más mínimo.

Erla se había mantenido en un segundo plano

hasta ahora, dejando a Einar todo el peso de la conversación.

—Hoy es 23, ¿no? San Torlaco. ¿Aquí no se sigue la tradición de comer raya fermentada? —comentó Leó, dando cuenta de la carne de cordero que Erla había preparado y servido.

—No es una costumbre que hayamos adoptado. Eso nunca se estiló aquí, en el este, cuando yo era niño. Y por mí está bien: ¡nunca he sido muy aficionado a comer pescado podrido! —Soltó su risa de voz profunda.

—¿Y cómo va la ganadería?

—¡No me tires de la lengua! Es una lucha eterna, pero vamos sobreviviendo. Si nos rendimos, no quedará una sola granja en todo el valle, y no quiero llevarme ese peso a la tumba.

—Pero ¿eso no es inevitable, de todos modos? Los tiempos cambian...

—Bueno, estoy lo bastante chapado a la antigua como para pensar que la gente debe seguir trabajando la tierra. Pero veo que tú eres nuevo en todo esto. Supongo que nunca has trabajado en una granja.

—No, la verdad es que no. Pero admiro vuestra tenacidad —contestó Leó.

Erla tuvo ganas de meter baza en aquella conversación superficial y preguntarle a Leó qué demonios pretendía, cuál era el propósito de su visita y qué quería de ellos. Sin embargo, sabía que debía consultarlo con Einar primero, aunque su marido se había mostrado muy despreocupado y, de hecho, había desdeñado su inquietud, así que seguía sin encontrar la ocasión para comentarle seriamente su desasosiego.

—¿Con cuánta frecuencia salís de aquí en invierno?

—No demasiado a menudo —respondió Einar—. En los meses más fríos, la carretera está cortada o resulta poco transitable. Ya sabes, no somos tan importantes como para que vengan las quitanieves. Además, alguien tiene que atender a los animales.

—A nadie le importamos —intercaló Erla.

—Bueno, yo no diría tanto. —Einar sonrió, torpe—. Aunque estoy seguro de que si fuéramos, qué sé yo, concejales, o si tuviéramos enchufe con los diputados de la región, entonces a lo mejor habrían puesto más empeño en mantener la carretera abierta más tiempo. Todo esto es politiqueo, ya te digo. Pero supongo que ocurre igual en Reikiavik, ¿no?

Leó no respondió enseguida.

—Sí, ahora que lo dices, supongo que sí.

Observándolo, a Erla le dio la impresión de que Leó era un hombre que no tenía el menor motivo para estar preocupado por la política ni cosas semejantes, que llevaba una buena vida, que le sobraba el dinero. Su ropa parecía cara y no mostraba signos de desgaste, lo que reforzaba lo desaliñados que se veían Einar y ella en comparación.

Además, su vacilación al responder parecía genuina, como si nunca hubiera reflexionado realmente sobre el hecho de que algunas personas deben luchar para salir adelante porque carecen de las conexiones adecuadas.

Salir a cazar en alta montaña en esa época del año no era una actividad habitual para alguien de ciudad. Era un deporte de ricos. Si Einar y ella estuviesen igual de forrados... En ese caso, a lo mejor podrían vivir en otro sitio; conseguirían aparceros que se ocuparan de la granja. Erla sabía que Einar nunca querría vender la finca, así que ella a veces soñaba con que pudieran mudarse sin vender, imaginando que tal vez él aceptaría ese arreglo. Y, con ese propósito, jugaba a la bendita lotería cada vez que bajaba al pueblo. La chica del kiosco siempre le sonreía cuando entraba: «¿Hoy toca lotería, Erla?», y luego añadía algo como: «¿Sabes? Tengo el pálpito de que hoy va a ser tu día de suerte». Incluso habían vendido un boleto con cinco aciertos en un kiosco en un pueblo vecino no hacía mucho. El ganador se mudó a Reikiavik.

—Por favor, sírvete má... —dijo Einar, pero se detuvo a media palabra cuando las luces de la cocina comenzaron a parpadear.

—¿Qué ha sido eso? —preguntó Leó.

Parecía que la electricidad estaba a punto de cortarse; las luces seguían titilando, debilitándose poco a poco para luego volver a estabilizarse como si nada hubiese pasado.

—Nada nuevo —contestó Einar—. Que se vaya la luz es el pan nuestro de cada día. Bueno, tal vez no de cada día, pero ocurre con demasiada frecuencia, ¿entiendes?

—Vaya, no me lo esperaba.

—Bienvenido al campo, amigo mío. Estamos acostumbrados. Siempre tenemos velas a mano y cerillas en el bolsillo. Y, por supuesto, una linterna cerca, pero las velas resultan más acogedoras, creo yo. —Buscó una caja de cerillas en el bolsillo de la camisa como para subrayar sus palabras—. Siempre preparado.

Einar volvió a intentar forzar una sonrisa, pero Erla percibió que su marido no se sentía a gusto. ¿Quizá empezaba a darse cuenta de que había algo raro en aquella visita? Tal vez la amenaza de un corte de luz, sumada a la extraña coincidencia de que el teléfono dejara de funcionar, le había preocupado.

—En la radio siguen sin dar aviso de tu desaparición —dijo Erla a media voz, aunque lo bastante alto como para que ambos hombres lo oyeran.

—La verdad es que no he estado atento —contestó Leó. Una excusa muy pobre. A nadie se le habría escapado si hubiesen mencionado a un cazador desaparecido en las noticias—. Y, de todos modos, todavía no ha acabado el informativo.

Ni Einar ni Erla supieron qué decir. Leó, por su parte, bajó la mirada hacia su plato y comió otro bocado. El locutor seguía parloteando en la radio.

—Seguro que todos aún me están buscando por la montaña. Tiene que ser eso. Seguro que están buscando por su cuenta hasta agotar todas las posibilidades, antes de pedir ayuda.

—¿Todos? —preguntó Erla.

—¿Eh? —soltó Leó.

—¿Todos? —repitió ella—. ¿Todos te están buscando? ¿Y cuántos son «todos», entonces?

—Eh... —Leó parecía confuso—. Tres.

El tono del visitante, de repente, se había vuelto arisco e incómodo.

—Vaya, qué raro —continuó Erla, procurando mantener la calma, con la esperanza de que no se le notara en la voz lo desbocado que le latía el corazón, lo nerviosa que estaba en realidad.

—¿Raro? —Esta vez fue Einar quien preguntó—. ¿Por qué?

Erla miró a su marido y luego al visitante:

—¿No habías dicho que estabas de caza con dos amigos tuyos? ¿Que erais tres en total?

Saltaba a la vista que la pregunta había descolocado a Leó, mas aun así supo responder con rapidez:

—¿Eso dije? ¿Dos? No, no; son tres. Éramos cuatro en total. Uno... uno no se va a un viaje así en pleno invierno sin tener... sin tener un buen grupo. Un grupo grande.

Erla vio que estaba mintiendo; estaba más claro que el agua.

Leó le devolvió la mirada con una expresión

desafiante, y ella podría haber jurado que, por un instante, había captado un destello de pura hostilidad en sus ojos antes de que el hombre se recompusiera y recuperara su expresión neutra.

Otra vez parpadearon las luces y Erla sintió escalofríos. Einar aprovechó la oportunidad para cambiar de tema.

—Condenados cortes de luz.

Eso era muy suyo. Nunca había llevado bien los conflictos entre personas, ni psicológicos ni físicos, siempre evitando las desavenencias; encontrando para sí, como el agua, un cauce donde la resistencia fuese mínima. Hasta que se hartaba. En esas ocasiones siempre se volvía imprevisible. Así era su Einar y no había nada que hacer al respecto. Perro viejo no aprende nuevos trucos. Erla sabía que ella misma tendría que tomar la iniciativa, como de costumbre. Librarlos de ese hombre peligroso.

—Condenados cortes de luz —repitió Einar—. La electricidad falla muchas veces por Navidad, ya te digo.

—¿Por Navidad? Eso debe de ser un incordio —dijo Leó.

—Pues sí, pero así son las cosas. La red se sobrecarga bastante en Navidad. Nosotros solemos poner al mal tiempo buena cara. ¿Verdad, Erla?

Ella asintió con la cabeza, sin decir nada.

—Nos limitamos a abrir los regalos y leer a la

luz de las velas —prosiguió él—. Igual que en los viejos tiempos. Mi familia lleva viviendo por estos pagos desde hace siglos. Este es nuestro lugar, nuestro santuario en este bendito país, nuestro pedacito de tierra. Y hay que cuidar de lo que es de uno.

—Eso es una verdad como un templo.

—¿A qué te dedicas, Leó? —se interesó Erla—. Has dicho que estabas por aquí con tus amigos de la capital, ¿vives en Reikiavik?

—¿Cómo? Sí, sí, vivo en Reikiavik, justo. Soy profesor.

—¿Estás de vacaciones de Navidad?

—Eso es.

—¿En qué colegio?

—¿Qué colegio? —repitió él, como para ganar tiempo.

«¿En serio no ha ensayado su historia mejor que esto?», pensó Erla.

—De hecho, es en la universidad. Doy clases en la Universidad de Islandia.

—¿De qué? —insistió Erla. Y aclaró—: ¿Qué materia enseñas?

—Psicología.

—No me digas. ¿Eres psicólogo? Hay que ver. No irás a psicoanalizarnos a nosotros, espero... —intervino Einar, jocoso, pero sin lograr aligerar el ambiente.

—No hay peligro. —Leó desplegó una sonrisa forzada.

La luz volvió a parpadear.

—¿Sabéis? Ya empiezo a temer que la luz se vaya por completo. La cosa siempre comienza de esta manera. ¿Tienes velas en tu cuarto, Leó, para esta noche? —Primero Einar miró a Leó, luego a Erla.

—Creo que no había velas en la habitación —contestó ella al final—. Pero seguro que podemos encontrar alguna de sobra, ya que solo va a quedarse una noche. A fin de cuentas, se va mañana por la mañana. ¿Tienes previsto salir pronto, Leó? ¿En cuanto amanezca?

—Sí, esa es la idea, desde luego.

—Toma las cerillas. —Einar le entregó la cajita del bolsillo de su camisa—. Tenemos más en nuestra habitación. Y no dejes que la oscuridad te altere, amigo.

—Muchas gracias por la cena, estaba muy buena.

—Erla es una cocinera excelente. ¿Seguro que no quieres más?

—Gracias, pero no; estoy que reviento. Sois unos auténticos salvadores. Ya me siento muchísimo mejor. Deberíais abrir un hostal. —Miró primero a Erla y luego a Einar, y este sonrió.

—Aquí suelen llegar huéspedes de cuando en cuando, así que estamos acostumbrados a todo. La última vez fue a finales de este verano; dos chavales de Reikiavik, buenos chicos. Se hospedaron con nosotros tres o cuatro días. Lo que me recuerda, Erla, que eché su carta al correo la última vez que bajé al pueblo.

—¿Su carta?

—Sí, encontré una carta que debió de deslizarse entre los libros del cuarto de invitados, así que me la llevé. Supongo que estarían preguntándose qué había sido de ella, o al menos su destinatario la estaría echando de menos.

—Estas cosas... —intervino Leó, y parecía en busca de las palabras adecuadas—. Es cierto que aquí, en el campo, todo se mueve a su propio ritmo.

—Y que lo digas. ¡Aquí los periódicos siempre llegan viejos y el reloj hace siglos que se detuvo! —Einar rio, pero la risa era falsa.

A Erla se le fue la mirada por la ventana. Había empezado a nevar de nuevo, con lo que las huellas de Leó se borrarían y cualquier prueba de su embuste desaparecería, pero ella sabía la verdad, y eso bastaba. Debía estar alerta, cuidar de ellos dos. La nieve era bonita, pero notaba cómo la rodeaba, cómo la oprimía. La Navidad sería blanca, como de costumbre. El invierno siempre era blanco y asfixiante. Y ahora aquel forastero había irrumpido en su tranquila vida familiar, envenenándola. Sí, no podía describirlo de otra manera: era veneno. El viento ululaba fuera; no traía ninguna paz navideña.

—Pasamos al salón, ¿no? —Einar se puso en pie—. Y tomamos un café, ¿qué tal suena eso?

—De maravilla —dijo Leó antes de seguir el ejemplo de Einar.

—Yo lo prepararé —se ofreció Erla, mirando cómo los dos hombres se dirigían al salón.

Buscó el café en un armario y midió la cantidad justa. Echó agua en la cafetera y la encendió. Luego se quedó mirando las gotas caer una tras otra mientras escuchaba el rumor de la conversación de los hombres en el salón. La radio seguía encendida: emitía el parte meteorológico. La apagó; no necesitaba que le dijeran que el tiempo empeoraba, eso se veía a la legua.

Llevó el café al salón y cogió una taza para ella también. Iba a beber lo que hiciera falta para que la cafeína la mantuviera despierta y alerta hasta la madrugada.

—¿Leche y azúcar? —le preguntó a Leó.

Se sabía al dedillo cómo tomaba Einar el café: mucha leche y mucho azúcar.

—No, gracias. Lo tomo solo.

Ella se sentó, y durante un rato se impuso el silencio. Las cortinas del salón no estaban corridas y por la ventana podía apreciarse cómo la nieve navideña iba cayendo a tierra o, mejor dicho, cómo el viento la impulsaba.

—Tenéis un árbol de Navidad precioso —comentó por fin el visitante, como para rellenar el silencio.

Erla decidió no contestar. No era una persona maleducada por naturaleza, pero no quería darle el gusto a ese hombre de charlar con él. Su intención era librarse de él cuanto antes. Debía hacerse a la idea de que no era bienvenido. Puede que ella no se sintiese siempre a gusto en esa casa, en esas tierras, pero aun así era el hogar que compartía con Einar, donde encontraba tanto paz como seguridad, y ahora tenía la sensación de que ambas cosas estaban amenazadas.

—Sí, pero es un poco grande esta vez —contestó Einar—. No pensaba traerlo de este tamaño, pero es difícil medirlo así, a ojo de buen cubero, antes de verlo ya colocado en el salón.

—La verdad es que esto lo tenéis todo muy navideño. ¿Hace mucho que vivís aquí?

«Demasiado», le hubiera gustado contestar a Erla, pero se contuvo.

—He vivido aquí toda la vida, ya te digo —repuso Einar, y su voz dejaba entrever su orgullo—. Mi Erla, aquí donde la ves, es de Reikiavik, pero al casarse conmigo recibió el regalo de este sitio. Aquí se está bien. Te..., en fin, te habitúas a la paz y el silencio. Eso va según cada cual, claro está, pero mi mujer y yo nos hemos acostumbrado bastante bien. Para ti tiene que ser un cambio enorme, ¿no?

—Sí, se podría decir que sí. Yo crecí con el ruido constante y el ajetreo de la vida urbana. Y casi lamento tener que salir pitando mañana. Imagino que la Navidad aquí resultará como muy entrañable, en Nochebuena, con la nieve y la tranquilidad.

—Sí, te lo vas a perder—dijo Erla en tono firme.

—Aquí siempre se está tranquilo, claro —siguió su marido, tratando de suavizar la rudeza de ella—. Preparamos buena comida durante las fiestas, nos damos un capricho, y, por supuesto, escuchamos la misa que da entrada a la festividad, a las seis de la tarde, la que retransmiten en directo desde la catedral de Reikiavik, como sabrás, si es que las condiciones de la onda larga están bien, que, la verdad sea dicha, son así así, como te puedes imaginar; ya habrás notado la calidad del sonido de las noticias. A veces resulta conveniente saberse de memoria la mayoría de los salmos; así no necesitas distinguir las palabras. —Einar sonrió.

—La iglesia más cercana quedará lejos, supongo —dijo Leó.

—Ya lo creo, amigo mío. No tiene sentido que tratemos de acudir a ninguna iglesia durante el invierno. Recuerdo que mi madre lo llevaba fatal en los viejos tiempos, pero Erla y yo hemos intentado evitar que eso nos afecte. Uno se acostumbra a cualquier cosa, ya te digo.

—Y... —Leó miró a Erla—. ¿Qué hay de vuestra hija?, ¿vendrá mañana? ¿No has dicho que vive aquí cerca?

—Sí, desde luego que vendrá. Llegará mañana por la mañana —contestó Erla de inmediato, en tono incisivo—. Aunque para entonces seguro que te habrás ido.

—¿Cuántos..., cuántos años tiene? —preguntó Leó tras un breve silencio.

Erla no contestó enseguida; quiso escoger las palabras con esmero. Ya era hora de destapar todas las mentiras de ese maldito hombre. Echó un vistazo fugaz a Einar, intentando transmitirle con la mirada: «De esto me ocupo yo».

—Ya deberías saberlo —espetó en un tono desabrido, casi acusador.

Sus palabras impactaron bastante en Leó. Se echó hacia atrás en el sofá, y con el movimiento se derramó unas gotas del café encima.

—Discúlpame —farfulló por fin.

Las luces seguían parpadeando, esta vez con más insistencia que antes, con tramos de penumbra más largos, pero luego se estabilizaron de nuevo. Era como si la oscuridad hubiera tocado una nota nueva en el salón, dándole al visitante la oportunidad de obviar la pregunta. Y la aprovechó:

—Caramba, no está uno acostumbrado a esto. ¿Podemos hacer algo para sálvar la situación, para evitar que la luz se vaya definitivamente? Tendréis un generador, ¿no?

—No, nada de nada, amigo —contestó Einar, y sonrió.

A Erla le dio la sensación de que en secreto le hacía gracia chinchar a ese hijo del asfalto que tenían ahí sentado, sorbiendo su café. Habría sido muy fácil meterle algo en la tacita con disimulo; algo que hubiera hecho que ella pudiera dormir tranquila esa noche. Se arrepintió de no haberlo pensado antes. Tal y como estaba la situación ahora, no se veía capaz de pegar ojo.

—Gracias por el café —dijo Leó, aunque apenas lo había tocado—, y por el recibimiento. Os estoy muy agradecido a los dos.

—No hace falta que te vayas a la cama corriendo —repuso Einar—. A Erla y a mí nos gusta tener algo de compañía, para variar.

—Es muy amable por vuestra parte, pero voy notando cómo me puede el cansancio, y hoy, al fin y al cabo, es San Torlaco, y vosotros seguro que tendréis algunos planes personales. —Sonrió—. Los preparativos navideños de última hora y demás.

«Ningún plan en absoluto», pensó Erla. Hacía tiempo que lo tenía todo listo para la Navidad, sin ninguna ayuda de Einar, quien, por su parte, daba poca importancia a esas fiestas. La mayoría de sus días eran iguales, y esa rutina apenas variaba en Navidad, Pascuas u otras fiestas de guardar. Nunca salían a ninguna parte, y cuando lo hacían, siempre le tocaba a Erla organizarlo. En más de una ocasión se le había pasado por la cabeza no hacer nada de nada antes de Navidad, a ver si él se daba cuenta, a ver si decía algo en caso de que ella no le pidiese que talara un abeto de Navidad, o si solo cocinaba morcilla de cordero para Nochebuena y no le hacía ningún regalo.

—Quédate un rato más con nosotros, amigo —lo invitó Einar—. Al menos acábate el café.

—Gracias, gracias —repuso Leó, aunque daba

la impresión de que prefería estar en cualquier otro lugar. Miró alrededor. Erla no estaba segura de si buscaba algo o si trataba de adivinar la mejor vía de escape de aquella fiesta de tres—. ¿Cómo de grande es vuestra casa? —preguntó de repente, como en un desesperado intento de sacar algún tema de conversación.

—¿En metros cuadrados, quieres decir? Pues no me acuerdo —contestó Einar—. No es algo que me haya planteado últimamente. No tenemos planes de vender, desde luego. Nuestra intención es envejecer aquí, mi mujer y yo. —Sonrió a Erla, que no le correspondió con ningún gesto.

—Solo tiene una planta, por lo que veo.

—Sí, eso es, aunque arriba hay un pequeño desván abuhardillado.

—¿Ah, sí? ¿Un trastero?

—Sí, un trastero, además de un cuarto que a veces alquilamos a algunos viajeros o a los jornaleros que vienen a ayudarnos en la granja.

—En ese caso, ¿por qué no duermo yo ahí arriba? Estaría menos en medio, quizá os iría mejor.

—No, no, ni hablar. Ahí arriba no hay calefacción —dijo Einar—. La habitación donde estás ahora es mejor. Por regla general, solo la dejamos para nuestro uso privado, y alojamos arriba a los visitantes, pero eso, en tu caso, está descartado. Has pasado apuros por el mal tiempo y no vamos a mandarte al desván; necesitas recuperarte. Es nuestro deber tratar bien a los que son víctimas de las tormentas y los infortunios. ¿Te das cuenta de que podrías haber muerto por hipotermia? Un hombre sin el equipo adecuado e inexperto... Seguramente, tus compañeros se sentirán culpables. Hay que garantizar que cada miembro del grupo lleve una brújula encima, un mapa y todo lo necesario. Es muy imprudente por su parte, claro. —Einar parecía muy acalorado.

Leó negó con la cabeza y dijo, en tono amigable:

—No quiero echarles la culpa a ellos; son buena gente. En realidad, es culpa mía. Debería haber tenido más cuidado. Después de todo, cada uno es responsable de sí mismo. Cada uno se labra su fortuna, ¿verdad?

—Sí, así lo creo —respondió Einar.

Erla callaba.

—Es un hogar bonito el que tenéis, muy acogedor, debo decir —continuó Leó.

—Sí, aquí somos felices —convino Einar.

—¿Y supongo que también tendréis un sótano?

—¿Un sótano? Ah, sí, claro. Cualquiera diría que tienes intención de comprar la casa —bromeó Einar con una risotada, a punto de verter café sobre su camisa a cuadros.

—Me pillaría un poco apartado —rio Leó—. No, no, solo era curiosidad.

—Ahí abajo no hay nada: herramientas, un congelador y algo de comida —susurró Erla, fijando su mirada en los ojos del inesperado visitante.

—Entiendo; no tengo intención de meter las narices ahí —contestó Leó, y trató de sonreír.

El hombre la miró y ella apartó la vista hacia la ventana del salón, observando cómo el forastero se reflejaba en el cristal en la oscuridad.

—¿Has hecho una parada en la casa de Anna de camino hasta aquí? —preguntó ella sin venir a cuento, con los ojos todavía puestos en el reflejo del hombre en el cristal.

—Erla, por favor... —comenzó Einar, pero ella lo interrumpió. Iba a llegar al fondo del asunto.

—¿Has hecho una parada en su casa? —reiteró.

—Perdona, pero es que no entiendo la pregunta.

—Anna, nuestra hija. Te he dicho que vive en la casa más próxima, a un trecho de aquí. Habrás pasado muy cerca al venir aquí, ¿verdad?

Mientras lo decía, sintió un miedo repentino y nauseabundo a que le hubiera pasado algo a su hija, a que aquel desconocido le hubiera hecho daño de alguna manera...

—No, eh..., ya os conté eso. He venido derecho hasta vuestra casa. No había ninguna otra por el camino.

Erla ya estaba convencida de que Leó mentía al respecto de quién era o qué hacía allí. Estaba segura de que quería hacerles daño, de una forma u otra.

—Estás mintiendo —dijo—. He visto por dónde has venido, he visto tu rastro en la nieve, Leó.

Has pasado al lado de su casa y has tenido que parar allí, si es que estabas buscando auxilio.

—Yo... yo no recuerdo ninguna casa, la verdad, pero, claro, estaba al borde de la extenuación; a lo mejor no me he dado ni cuenta. Podría ser.

—¿Has llamado a su puerta?

—No, he venido derecho hasta aquí. ¿No puede ser que tú, a lo mejor... hayas malinterpretado mis huellas en la nieve? —Ahora dirigió su mirada por la ventana—. Vayamos fuera y salimos de dudas. Os estoy contando la verdad.

—Por supuesto que nos está contando la verdad, Erla, querida —intervino Einar, pero ella notaba en su tono de voz que había logrado sembrar en él la semilla de la duda—. ¿Por qué no volvemos a encender la radio? No podemos perdernos los saludos navideños. ¿Has enviado algún saludo navideño para que lo lean los locutores, Leó? —preguntó, pero su desesperado intento de cambiar de tema fracasó.

Erla lo ignoró y siguió en sus trece:

—Es demasiado tarde para salir ahora, como bien sabes. La ventisca ha borrado todo el rastro y más. Pero para llegar aquí solo hay un camino, y pasa por la casa de Anna, y sé..., sé...

Y en ese preciso instante se fue la luz.

10

Hulda se encontraba parada en la esquina de una calle, bajo el húmedo frío invernal, escuchando cómo un coro de niñas cantaba «Navidad, Navidad, dulce Navidad», en lucha contra el viento. Las muchachas iban bien embutidas en ropa de abrigo, como también la inspectora, y parecían empeñadas en no dejar que el desagradable clima estropeara el ambiente festivo del centro de Reikiavik en aquel día de San Torlaco. Hulda llevaba dos bolsas. Había comprado un libro y un disco; ambas cosas para Dimma. Eran ya más de las diez de la noche y faltaba poco para que las tiendas cerraran y la paz navideña hiciera su entrada.

Iba sola, al contrario de como se había imaginado esa noche. Por supuesto, la idea había sido disfrutarla con Jón y con Dimma. Pero el plan de salir a cenar juntos se había ido al traste. Su hija se había negado en redondo y se había encerrado, una vez más, en su cuarto. Jón y Hulda se habían quedado un buen rato junto a la puerta, intentando convencerla, discutiendo con ella, incluso gritándole, pero todo había sido en vano. Rechazaba de plano salir.

«Ve tú, si no, querida —había dicho Jón al final—. Relájate un poco, disfruta de los preparativos navideños en el centro y compra algo bonito para Dimma.»

Hulda había vacilado, pero finalmente se había dejado convencer. Jón podía ser muy persuasivo. También lo justificaba ante sí misma con que el motivo principal era comprar algo para su hija, tratar de salvar lo que fuera salvable. Pensaba que el mal humor de Dimma debía por fuerza ser pasajero, que estaría mejor mañana, más animada, alegre y afable como antaño.

La inspectora subió por la calle Laugavegur casi como en trance, intentando impregnarse de la magia de la Navidad, pero con escaso resultado. La gente se empeñaba en cruzarse en su camino y el tiempo la irritaba. A lo mejor, lo que necesitaban los tres era irse a alguna parte, al extranjero, por ejemplo. Podría hablar con Jón a ver si se lo podían permitir para primeros de año; su negocio iba bien, según tenía entendido. Quizá un entorno nuevo surtiese un efecto positivo sobre Dimma y la sacaría de esa rutina negativa. Tal vez ellos dos deberían trabajar menos y dedicarle más tiempo a su hija.

Hulda trabajaba demasiado, eso seguro.

Su pensamiento voló entonces a la chica desaparecida.

Se llamaba Unnur.

Era un caso que no lograba resolver, por ahora. Y es probable que ya fuera tarde para salvarla, si es que eso alguna vez había estado sobre la mesa. ¿Podría haber hecho más, haber puesto más empeño? El teniente de policía de Selfoss había sugerido que la chica se habría subido al coche del hombre equivocado, que quizá alguien la hubiese agredido hasta matarla. Si efectivamente era así, el asesino andaba suelto.

Hulda respiró el frío aire invernal y se dio la vuelta para bajar a pasos rápidos por la calle Laugavegur.

Tenía que intentar conectar con su hija, ayudarla a salir de esa tristeza.

11

«Anna.»

En la oscuridad del dormitorio conyugal, Erla pensaba en su hija. Estaba desvelada, mientras que Einar, tumbado a su lado, roncaba a pierna suelta. Él siempre tan despreocupado, tan diferente a ella.

¿Cómo podía pegar ojo teniendo a aquel extraño en la casa?

Leó, si es que ese era su nombre, había vulnerado la inviolabilidad del hogar, y encima en Navidad. El maldito apagón lo había sacado del apuro, por ahora. No había tenido sentido continuar la conversación cuando la casa había quedado sumida en las tinieblas. Él se había sobresaltado, se le notaba, pero Einar y ella habían reaccionado rápido; sabían dónde encontrar una vela, y lograron traer un poco de luz a la sala; aun así, después de aquello todos se habían marchado a la cama. Cuando Einar por fin se durmió, ella se levantó, cruzó de puntillas la habitación y cerró con llave la puerta del dormitorio. Hacía siglos que no la usaban, pero afortunadamente la llave estaba en la cerradura por costumbre.

Aunque había corrido las cortinas de la ventana, aún podía notar cómo iba cayendo más y más nieve. También había encendido una vela en la mesilla de noche, y fingió leer hasta que Einar se dio la vuelta y se durmió, pese a que ya había leído ese libro y, además, sus pensamientos estaban en otro sitio, volando a toda velocidad, por lo que no halló la forma de concentrarse en las letras negras sobre las páginas blancas. Dejó la vela encendida hasta que se consumió del todo y la oscuridad la envolvió de nuevo. Quizá la electricidad ya había vuelto; no lo había comprobado, aunque lo dudaba mucho.

Era muy probable que se quedasen toda la Navidad sin suministro eléctrico, no sería la primera vez, desde luego. Tampoco tenía mayor importancia; lo que urgía ante todo era echar a ese hombre de su casa. De la vida de ambos.

A pesar de que era imposible ver nada, oía el temporal. El frío se colaba por la ventana y el ruido del viento seguramente habría mantenido en vela a quienes no estuviesen ya acostumbrados, aunque en invierno ese era el pan nuestro de cada día en aquel maldito lugar. Aguzó el oído, intentando escuchar al huésped detrás de las paredes y a través de la tempestad, pero, hasta donde lograba discernir, todo estaba en calma dentro de la casa.

Se quedó allí tumbada, inmóvil y casi sin respirar, alerta al menor ruido. Tumbada sobre la espalda, con los ojos abiertos de par en par, mirando fijamente la oscuridad.

A veces se quedaba así noches enteras cuando se sentía mal, preguntándose si su vida hubiera sido mejor de haberse mudado a la capital, si Einar hubiese logrado cortar el puñetero cordón umbilical, vender la finca y liberarse del yugo de sus antepasados. A veces también reflexionaba sobre si su vida hubiera sido mejor de no haber conocido a Einar... Pero la respuesta a eso era más complicada; sin Einar no habría tenido a su hija, Anna. No tenía sentido dar vueltas a ese tipo de cosas y, sin embargo, lo hacía, prisionera de sus recuerdos, o quizá más bien prisionera de su propia mente.

Erla guardaba otra vela en el cajón de la mesilla de noche; extendió la mano en su busca y encontró las cerillas en la oscuridad. Necesitaba un mínimo de luz. Eso no podía seguir así. Se incorporó en la cama, sin que Einar se desvelase ni un segundo. Él dormía el sueño de los despreocupados, de los apáticos. Erla encendió la vela y escuchó, esperó. Dormirse quedaba descartado.

Mas el cansancio acechaba, agazapado, y, pese a estar espabiladísima por ahora, siempre existía el riesgo de que se quedara dormida. Su pensamiento voló a sus parientes en Reikiavik. Hoy por hoy tenía poca relación con ellos. Lo cierto era que seguía atrapada en su matrimonio porque no tenía otro sitio adonde ir; no sabría qué hacer si decidiera largarse y mudarse a la capital. Había echado raíces ahí, a pesar de todos los pesares.

Salió de sus pensamientos para encontrarse todavía sentada en la cama. Cerró los ojos y escuchó el silencio. Trató de ignorar el fragor de la tempestad, pero eso hizo que oyera el zumbido de la casa, que se intensificaba con cada momento que pasaba. Y luego el tictac del despertador, rítmico y tan escandaloso en la noche, cada vez más alto. El estruendo de la tormenta, el zumbido de las paredes y el ruido del despertador: todo enmarañado y de repente atronador, casi como un punzante dolor en los oídos. Abrió los ojos e intentó sacudirse la desazón de encima.

Y entonces oyó algo.

Algo real.

No cabía duda, alguien se movía por la casa.

Y, por supuesto, solo podía ser una persona. Captó el chirrido de la puerta, el leve crujir del suelo de madera; no había forma de andar sin hacer ruido por esa vieja casa, a pesar de los esfuerzos que hacía Leó, y a buen seguro lo habría logrado si Erla hubiese estado tan profundamente dormida como Einar.

¿Adónde irá, el maldito?

Volvió a escuchar el chirrido; era otra puerta, estaba convencida. ¿Subía a la buhardilla? No las tenía todas consigo, pero Erla sopesó en serio la posibilidad de salir a hurtadillas a la oscuridad, al otro lado de la puerta, escabullirse a escondidas en pos del malnacido y dejarlo de piedra de la sorpresa. Sin embargo, estaba demasiado asustada, debía admitirlo. Conocía al dedillo la casa y había andado por ella de día y de noche, con luz o a oscuras, y se había acostumbrado a todos los ruidos extraños, pero ahora era un ser humano de carne y hueso lo que le daba miedo. No tenía ningunas ganas de encontrarse con él en la oscuridad; no quería correr ese riesgo.

Lo que debía hacer era despertar a Einar y conseguir su ayuda, pero vacilaba porque no estaba segura de cómo reaccionaría él y, además, eso podría provocar algún ruido que llevaría a Leó a regresar a su habitación.

Se levantó de la cama y se acercó despacio y en silencio a la puerta, escuchó y, acto seguido, giró el pomo para asegurarse que la llave estuviera echada. Resultó que sí, y al instante se sintió mejor al saberlo con certeza. Ahí dentro se hallaba a salvo.

Ahora todo estaba tranquilo, ¿o no? Costaba distinguir si Leó andaba por ahí todavía y dónde se encontraba, aunque Erla estaba convencida de que había salido de su cuarto y aún no lo había oído regresar. Se quedó inmóvil, aguardando, escuchando. De vez en cuando le echaba una ojeada a Einar, que seguía dormido como un tronco.

Y, entonces, otra vez un movimiento. Pegó la oreja a la puerta y reconoció el sonido: Leó bajaba por la escalera desde la buhardilla, podía poner la mano en el fuego. Ella estaba en lo cierto: el muy desgraciado se había metido allí. El ruido de pasos se acercaba y su corazón se saltó un latido. No se aclaraba del todo sobre cuánto tiempo llevaba Leó pululando por la casa, pero las cosas ya habían ido demasiado lejos. Sin pensárselo dos veces, se acercó con cuidado a la cama. En ese mismo instante escuchó más ruidos, el chirrido de una puerta y pasos. Le dio un empujón a Einar, pero este no se despertó enseguida.

—Einar, Einar —susurró con la respiración agitada—. Tienes que despertarte. Ya. ¡Despierta!

Su marido abrió los ojos.

—Es Leó. Lo he oído, Einar, lo oigo.

Einar se frotó los ojos, confuso.

—Levántate —susurró ella—. No hagas ruido.

Él obedeció y se puso de pie con torpeza.

—¿Qué sucede, cariño? ¿Por qué me despiertas?

—Tienes que pararle los pies. Leó va deambulando por la casa. En plena noche.

Einar se dirigió a la puerta y agarró el tirador.

—Está la llave echada —murmuró sorprendido—. Qué diablos. ¿Por qué está la llave echada?

—La he echado yo. Por él.

Erla se acercó a su marido, giró suavemente la llave en la cerradura y dejó que Einar abriera. Este echó un vistazo al pasillo y ella se asomó por encima de su hombro. No se veía nada, salvo la oscuridad.

—Alcánzame la vela. —Einar señaló la mesilla.

Erla obedeció. Él salió, pero ella se quedó esperando en la alcoba.

Su marido regresó enseguida.

—Ahí no hay nadie, cariño. Lo habrás soñado. Seguro que el pobre hombre duerme profundamente.

Erla negó con la cabeza, sin decir nada.

—Venga, cariño. Intentemos volver a dormir. No tiene sentido quedarse así, despiertos, en mitad de la noche.

Cerró la puerta, pero sin echar la llave.

Erla se tumbó a su lado en la cama, de costado, pero resuelta a mantener los ojos abiertos.

12

—Seguro que tu madre vendrá mañana, ¿no? —preguntó Jón, sentado en el sillón del salón, sin apartar los ojos del libro.

En el aire flotaba el aroma de chocolate caliente. Él había calentado leche y preparado un excelente cacao y, sin embargo, una de las tazas en la mesa de centro seguía intacta.

Hulda, centrada en la tarea anual de intentar desenredar una tira de luces navideñas, contestó secamente:

—Sí.

Hubiera deseado eludir por una vez ese deber y tener la oportunidad de celebrar las Navidades solo con Jón y Dimma. Ese año en particular le angustiaba la visita, estando Dimma como estaba. Difícil y capaz de cualquier cosa.

—Creo que ya está todo listo —dijo Jón levantando la vista del libro—. ¿No es así, amor?

—Todo salvo Dimma.

—¿No podemos hablar de otra cosa? Dejemos que se recupere. Se animará cuando abra los regalos. —Él sonrió, pero no había nada convincente en su sonrisa, ni tampoco en su tono de voz.

De fondo se oía Radio Nacional de Islandia emitiendo la tradicional retahíla de saludos navideños: un recordatorio de que llegaban tiempos de paz y amor, aunque los sentimientos que ardían a fuego lento dentro de Hulda eran de otra índole muy distinta. Estaba inquieta, se sentía mal. Y sí, también estaba asustada, un poco asustada, sin saber exactamente por qué.

—¿Y tienes que trabajar el día de Navidad? —inquirió Jón—. Con la de años que llevas, ¿no tienes ni voz ni voto en ese tema?

—No puedo hacer nada al respecto, los turnos han caído así esta vez. No hay problema, ¿no?

—Por supuesto que no. Está bien. Dimma y yo nos entretendremos leyendo algunos libros mientras tanto. Y, a lo mejor, haciendo un puzle. Teníamos uno viejo arriba en el desván, ¿verdad?

—Sí, unos cuantos.

—En ese caso, estaremos muy a gusto. Como tú y yo en los viejos tiempos, ¿te acuerdas? Antes de que naciera Dimma. En aquel entonces podíamos tirarnos días enteros por Navidad o por Pascua tumbados en el sofá leyendo. Nadie nos molestaba.

—Sí, antes de que tú empezaras a trabajar tanto.

Jón sonrió y ella supo perfectamente por qué. Usaba la sonrisa para evitar conflictos, conversaciones difíciles, y ella siempre había caído rendida ante ello, desde el momento en el que se conocieron, y luego, en cada una de las ocasiones desde entonces.

—Cuidarás bien de ella mientras yo estoy fuera, ¿verdad?

—¿El día de Navidad? Desde luego.

—Tienes que prometérmelo, Jón —dijo Hulda.

13

Erla se despertó de golpe y alargó la mano hacia el despertador, forzando la vista para ver las manecillas en la oscuridad. Eran las siete pasadas; ya era por la mañana. Al final, pese a todo, se había dormido, y le parecía que las andanzas de la noche habían sido un sueño... o una pesadilla. ¿Y si habían sido imaginaciones suyas? Ahora de repente no estaba segura, no del todo, y era una sensación incómoda.

Después de un segundo cayó en la cuenta de que Einar ya no estaba a su lado en la cama. Se incorporó e intentó encender la luz, pero todavía no se había restablecido el suministro. La mañana seguía oscura, indistinguible de la noche; era lo normal en esa época del año, pero el reloj no mentía. De pronto le entró miedo. ¿Le había pasado algo a Einar? Cerró los ojos y aguzó el oído: nada; todo estaba en calma ahí fuera.

¿Demasiado en calma?

El corazón comenzó a latirle más deprisa, notaba unas pulsaciones molestas en la cabeza. Se levantó y salió corriendo al pasillo en pijama. Ahí había bastante más claridad que en el dormitorio. La luz provenía del salón, así que dirigió sus pasos hacia allí. Unas velas iluminaban la estancia, y en el sofá y en un sillón estaban los dos sentados, Einar y el hombre que se hacía llamar Leó.

El aroma del café flotaba en el aire, y solo cuando reparó en el árbol de Navidad y los regalos recordó que ya era la mañana del día de Nochebuena.

—¿Ya te has despertado, cariño? —dijo Einar—. Hay café caliente en la cafetera. Menos mal que el gas aún funciona.

Erla se quedó parada en el umbral, sin encontrar las palabras adecuadas. Los segundos pasaban como minutos en su cabeza mientras percibía cómo las agobiantes miradas de los dos hombres se posaban sobre ella, subyugándola.

Abrió la boca con la intención de decir algo, pero fue en vano.

—¿No quieres sentarte con nosotros? —preguntó Einar.

—¿Y Anna? —dijo ella por fin—. ¿Aún no ha llegado?

—Creía que la carretera estaba cortada —intervino Leó a media voz, que parecía evitar los ojos de Erla.

—Puede llegar a pie desde su casa —respondió ella ásperamente—. ¿El tiempo ha empeorado en algo?

Miró por la ventana, pero solo vio el reflejo de las velas en los cristales.

—Siéntate, cariño —continuó Einar—. No quería despertarte.

En vez de obedecer, ella arrancó a andar hacia el recibidor, en dirección a la puerta de entrada.

—Has pasado muy mala noche —añadió el marido—. Pensé que debía dejarte dormir. Ese puñetero apagón parece haberte sentado mal.

—Estoy más que acostumbrada a los apagones —replicó ella, ya desde la entrada.

Abrió la puerta principal y asomó la cabeza en la oscuridad más absoluta, luego dio un paso adelante con sus gruesos calcetines, sin saber apenas lo que hacía, y se hundió en un profundo montón de nieve fresca. Sacó el pie de golpe, sintiendo cómo el frío le penetraba hasta los huesos. Había que ser idiota para meterse así sin más en la nieve.

Cerró la puerta a su espalda y regresó al salón.

—¿En qué diablos estabas pensando, Erla? —preguntó Einar con voz atronadora, poniéndole la mano en el hombro.

Ella se pegó un susto de muerte y casi perdió el equilibrio.

—¿Va todo bien? —insistió él.

Otra vez esas pulsaciones en la cabeza hicieron acto de presencia. Se frotó la sien, intentando concentrarse. Desde luego se podía decir que se había levantado con el pie izquierdo, y ahora debía recuperar la compostura. A fin de cuentas, pensó con una repentina sensación de alivio, habían superado la noche ilesos y Leó se marcharía en breve.

Se volvió hacia su marido:

—Sí, sí, por supuesto, todo va bien. Solo iba a ver qué tiempo hacía y por descuido me he metido en la nieve. Está cayendo una buena nevada.

—Lleva así toda la noche, cariño. Ven y tómate un café.

Siguió a Einar hasta el salón, se sentó en el sofá y esperó a que le trajera una taza sin decir esta boca es mía, evitando mirar directamente a Leó, que seguía plantado en un sillón al otro lado de la mesita de centro, sosteniendo una taza a la que daba sorbos de vez en cuando.

Solo cuando Einar regresó y se sentó a su lado, Erla por fin habló:

—¿Seguimos sin electricidad?

Ya sabía la respuesta, pero le pareció que debía decir algo. Además, hay cierta sensación de seguridad en hacer una pregunta cuya respuesta ya conoces.

—Y así continuará hasta pasadas las Navidades, puedes estar segura, ya sabes cómo va esto... —contestó Einar.

—¿Uno llega a acostumbrarse? —preguntó Leó, desplegando una sonrisa.

Había cinco velas iluminando el salón: tres en

la mesa y dos sobre un armario. El ambiente resultaba en cierto modo siniestro, con ese juego de luces y sombras, y Erla se sentía como atrapada en un sueño desagradable; atrapada en una pesadilla en la que la perseguían, pero sin que pudiera correr lo bastante rápido, sin que pudiera salvar la vida.

—Sí, te acabas acostumbrando —contestó ella con voz brusca—, pero tú no tienes que preocuparte por ello lo más mínimo. Te vas a poner en camino en cuanto te acabes el café, ¿verdad? ¿Ya te ha explicado Einar la ruta?

En lugar de contestar, Leó miró a Einar y, durante un instante, se impuso un silencio embarazoso, como si los dos hombres se hubiesen conjurado en una especie de fraternidad mutua, dejándola a ella al margen.

—No creo que pueda ir a ninguna parte hoy —dijo Einar al final.

—¿Que no puede ir a ninguna parte? ¿Qué quieres decir?

—Lo has visto con tus propios ojos, cariño. Hay demasiada nieve. Hace un tiempo de perros y sigue nevando. No vamos a enviar al pobre hombre ahí fuera en estas condiciones —replicó, como si estuviera hablando de alguien ausente y no de una persona sentada en la misma habitación que ellos.

—¡Por supuesto que puede irse! —Erla intentó refrenarse, evitar gritar—. Si Anna puede venir a vernos, seguro que él puede salir de aquí, aunque tenga un recorrido algo más largo.

—Tu marido me ha dicho que, de hecho, esa ruta es bastante larg...

—¿Y por qué no nos contaste que te paraste en casa de Anna? —lo interrumpió Erla—. ¿La viste? ¿Eh? ¿La viste?

—No vi a nadie por el camino, ni un alma. Es la pura verdad —contestó Leó, que parecía algo inquieto.

—¿Por qué no vuelves a acostarte un rato, cariño? —propuso Einar—. Sigues cansada. Leó pasará las Navidades con nosotros, es lo que hay y punto. No vamos a mostrarle la puerta y echarlo.

Ella suspiró, con la sensación de que las paredes comenzaban a cerrarse sobre su cuerpo, de que se había quedado sola en el mundo, sin aliados. Estaba preocupada por Anna, seriamente preocupada, a decir verdad. Notó cómo comenzaba a hiperventilar, incapaz de pronunciar una sola palabra por mucho que lo intentara.

Leó se puso en pie.

—Mirad, me vuelvo al cuarto de invitados. Lamento de corazón todas las molestias. Lo siento muchísimo. Os estoy muy agradecido por vuestra hospitalidad, ya lo sabéis.

Einar asintió con la cabeza, sin decir nada.

Erla solo logró calmarse un poco una vez Leó se hubo ausentado.

—Einar... —dijo, tratando de poner en palabras sus pensamientos—. Einar, sabes perfectamente que nos está mintiendo.

—No deberíamos pensar siempre lo peor de las personas, Erla.

—¿Por qué no lo han mencionado siquiera en las noticias?

—A lo mejor sí lo han hecho, cariño. No hemos podido escuchar la radio desde que se fue la luz. Quizá lo están buscando.

—Sabes de sobra que no es así. Y sus huellas... Vino por el camino que pasa por casa de Anna. Miente al asegurar que ha llegado aquí por casualidad. Y..., y... —otra vez esa presión en las sienes, el dolor de cabeza—, y además esta noche ha estado deambulando por casa, y también ayer, cuando no lo veíamos. Quiere algo de nosotros, Einar. Lo vi, ayer entró en nuestro dormitorio y esta noche no sé por dónde andaba, tal vez en la buhardilla, o en el salón, no lo sé, Einar; solo sé que él... que él...

—Venga, vuelve a la cama, cariño. Necesitas descansar.

14

Hulda llamó a la puerta de nuevo, aún más fuerte que antes.

—¿Por qué te comportas así, Dimma? —gritó, con un nudo en la garganta.

Desde la habitación se oyó alguna reacción, pero Hulda no fue capaz de distinguir las palabras. Su hija había salido de su cuarto por la mañana y había desayunado en silencio, sin responder siquiera al «buenos días» de sus padres.

Hulda había sugerido que envolvieran los regalos de Navidad las dos juntas, o que saliesen en coche a repartir algunos de ellos, pero Dimma solo negaba con la cabeza reiteradamente ante cualquier sugerencia. Era como si no le importara para nada que fuera el día de Nochebuena, como si estuviera inmersa en su propio mundo y nada ajeno a él le concerniese.

Hulda tenía la esperanza de que todo eso se le

pasara con la llegada de las fiestas, mas, sin embargo, ya estaba claro que no iba a ser así, que el espíritu navideño de ningún modo iba a impregnar el hogar familiar. Y ahora, por primera vez, saltaba a la vista que tenía que tomar cartas en el asunto; buscar ayuda.

Le había costado admitirlo ante sí misma y afrontar el hecho de que su hija necesitaba ayuda profesional, pero ya no podía más, y Jón no echaba una mano para nada. Siguió golpeando la puerta, furiosa, pese a saber que era en vano. Sobre todo estaba furiosa consigo misma por no haber intervenido antes. En su autoengaño había puesto toda su confianza en que Dimma saliera de su caparazón en Nochebuena y celebrara las fiestas con la familia, pero ya no había esperanza: eso no iba a pasar.

—¡Sal de ahí, Dimma! ¡Sal ahora mismo! —gritó—. Si no..., si no, voy a echar la puerta abajo, y no estoy de broma.

Jón la agarró por los hombros con dureza.

—Cálmate, Hulda. Se le pasará...

—¡No se le pasará, Jón! —voceó ella, revolviéndose hacia su marido—. No se le pasará en absoluto, ¡joder! Está clarísimo. Nadie se comporta así.

—Ven, siéntate, tienes que calmarte.

—No voy a calmarme. Debemos llevarla... debemos llevarla al médico. —Hulda apenas logró articular las palabras. Había roto a llorar, incapaz de contener las lágrimas.

Jón trató de apartarla con suavidad de la puerta y guiarla hasta el salón. Hulda se resistió al principio, pero al final cedió, exhausta en cuerpo y alma.

—Jón, tenemos que conseguirle una cita... con un psicólogo, un psiquiatra... Hay que hacer algo.

—¿Eso no es un poco drástico, Hulda? No hace falta hacer una montaña de un grano de arena —dijo él con voz cálida.

—¿Una montaña de un grano de arena? ¿Estás completamente ciego, Jón? ¿No quieres verlo? Algo muy grave le ocurre, y deberíamos haber atado cabos hace mucho. Quizá sea algo en el colegio. Algo... O sea, ¿qué ha pasado con todas sus amigas? Parece que ya no tiene ninguna.

—Hulda, dejémoslo estar hasta después de las fiestas. Sé que te habías hecho ilusiones de tener unas Navidades como las de antes, de que ella cambiara de actitud en estas fechas, pero es evidente que eso no va a suceder y no nos queda otro remedio que aceptarlo. Tomémoslo con calma, dejemos que se encierre. A lo mejor solo necesita estar sola consigo misma. ¿Qué sabemos, de todas formas?

—¡Exacto! ¿Qué sabemos? ¡Nada de nada! Y por eso necesitamos ayuda profesional. ¡Tenemos que llamar a alguien hoy mismo, Jón! —exclamó.

—Es Nochebuena, no vamos a llamar a nadie, Hulda. De ninguna manera. Además, no serviría de nada. Lo haremos entre Navidad y Año Nuevo, te lo prometo, si es que no sale antes de su caparazón, ¿vale?

Hulda reflexionó. No estaba de acuerdo en esperar, pero tuvo que admitir que Jón llevaba razón. Difícilmente estaba justificado llamar a un médico o un psicólogo en Nochebuena, salvo que se tratase de una emergencia absoluta. Tal vez se estaba dejando llevar por las emociones.

—Vale, ya veremos —contestó al fin.

Y no quiso decir nada más por el momento.

Lo peor de todo era que al día siguiente le tocaba trabajar. Era muy mala suerte que los turnos cayeran así, y desde luego Jón no iba muy desencaminado al decir que ella ya llevaba suficiente tiempo en la policía como para no tener que hacer unas malditas guardias en días festivos importantes. Pero lo cierto era que no se atrevía a negarse; su vida en la policía era una constante lucha contra el patriarcado, y se veía obligada a esforzarse todavía más de lo que cabía esperar de ella. Y ahora se arrepentía.

De hecho, maldita sea, ¿por qué tenía que hacer ella el turno? Les diría que buscaran a otro. Se fue corriendo al teléfono y llamó a un colega que estaba de guardia.

—Hola, soy Hulda...

Al instante se dio cuenta de que era una idea absurda: no iba a poder hablar con nadie del trabajo salvo con ese agente, que no tenía autoridad alguna para librarla de la guardia navideña.

—Hola, ¿todo bien?

—¿Eh? Sí, sí... ¿Estás tú solo de guardia hoy?

—Claro. La gente no se deja ver por aquí en Nochebuena por diversión, es una faena que te toque esto. Pero ojalá pueda irme pronto a casa esta noche si todo sigue en calma.

—¿Hay..., hay alguna posibilidad remota de que pudieras sustituirme en una guardia mañana?

Hubo un breve silencio, y luego él se echó a reír al otro extremo de la línea.

—¿Estás de coña? Ni hablar, Hulda.

—¿Sabes si...? ¿Hay alguien...? Es que ha pasado algo aquí en casa... —continuó, intentando mantener la voz templada.

—Creo que es imposible que arregles eso ahora, con tan poca antelación. Me temo que te va a tocar venir a trabajar mañana y solucionar los problemas en casa de otra manera.

—Sí, yo... ya, ya...

—Oye, ahora que me acuerdo. Había un recado para ti cuando he llegado esta mañana; alguien de la centralita lo había apuntado.

—¿Un recado?

—Sí, de que llamaras a no sé qué número de teléfono. Espera un momento... 656-algo. No me acuerdo del resto. Un segundo.

A Hulda le entraron deseos de colgar. No tenía ningunas ganas de atender asuntos de trabajo, pero se aguantó y esperó. Al final, el otro le dio el número; eso fue todo.

—¿Puedes buscármelo en la base de datos, por favor? No me suena de nada.

—Sí, sí, faltaría más. No hay mucho más que hacer. Aguarda un instante. —Tras unos segundos, regresó al teléfono—. Es un número de Gardabær, el de una tal Kolbrún y un tal Haukur...

—Sí, vale, ellos... —Se preguntó por qué diablos trataban de ponerse en contacto con ella—. ¿Cuándo han llamado?

—Eso no lo sé. Puede que anoche, o a lo mejor esta mañana. ¿Cuándo saliste tú del trabajo?

—Ayer por la tarde... Bueno, de acuerdo... Los llamaré.

Los padres de la chica desaparecida. Qué raro que intentaran comunicarse con ella justamente ahora, cuando había tenido ese caso tan presente. Hacía mucho que las pistas se habían estancado. Quizá solo querían saber si había algún avance, antes de que todo se detuviese con las vacaciones navideñas.

Se le pasó por la cabeza llamarlos ahora, pero no le quedaban ánimos para ello. Bastante tenía consigo misma y los suyos, así que decidió dejarlo para la mañana siguiente, cuando acudiera al trabajo, donde de todos modos no tenía más remedio que pasar el día de Navidad.

15

Erla se despertó de la siesta temprana que le había sugerido su marido con la esperanza de que los sucesos de la mañana solo hubieran sido una prolongada pesadilla, de que Leó por fin se hubiese largado y que Anna hubiera llegado, de modo que ellos tres pudieran empezar de verdad a celebrar la Navidad.

Con un sonrisa en los labios, su pensamiento voló a las tareas cotidianas que tenía por delante. Debía preparar la cena; hervir la carne de cordero ahumada en la cocina de gas y limpiar un poco para que todo estuviera reluciente cuando dieran comienzo las fiestas. Maldito lío, ese apagón, se perdería la misa radiada de las seis de la tarde que tanto le gustaba escuchar porque tradicionalmente marcaba el comienzo de la Navidad. Tenían un transistor de pilas, pero hacía tiempo que estaba estropeado y Einar nunca había llegado a llevarlo a reparar, argumentando que bien podían pasarse unos días sin oír las noticias si se iba la luz: «Si siempre es la misma cantinela quejumbrosa del demonio, nada más que eso, de la que bien se puede prescindir».

Las ensoñaciones de Erla tuvieron un fin brusco cuando oyó la voz de Leó desde el salón.

«Maldita sea», farfulló para sí, y miró el reloj. Había dormido hasta mediodía. Eso no le pasaba desde hacía mucho, no sin planearlo, pero no era raro teniendo en cuenta el largo rato que había permanecido desvelada por la noche.

Y Anna, Anna tendría que haber llegado ya. A esa hora siempre estaba con ellos, pensó Erla, y la sonrisa volvió a sus labios. A lo mejor sería posible sobrevivir a esa visita inesperada, a pesar de todo.

Se levantó y salió al pasillo, dirigiéndose a paso lento al salón. Allí estaban los dos sentados, igual que por la mañana, Einar y Leó. La lumbre de las velas ya no era necesaria, la luz del día bastaba para iluminar la estancia lo suficiente, aunque la oscuridad nunca andaba muy lejos en esa época del año, por lo que era importante disfrutar de la claridad que llegaba alrededor del mediodía. Al parecer, había dejado de nevar, por fortuna, así que tal vez se librarían de Leó antes de lo esperado.

—¿Dónde está Anna?

Tuvo el silencio por respuesta y Leó apartó los ojos, evitando su mirada.

—¿Por qué no ha llegado Anna? Ya es mediodía, Einar, ya debería estar aquí.

Él se levantó.

—Todo va bien, cariño. Ven conmigo. Voy a buscarte una taza de café.

Se fue a la cocina y regresó al instante con una taza que puso en la mesa. Luego vertió café en ella.

—No va todo bien, Einar. Es Nochebuena y nunca antes se había retrasado tanto. ¡Y tú te comportas como si tal cosa! —Erla se acercó a su marido a zancadas y le dio un empujón—. ¿Cómo puedes actuar así, Einar? —Al instante reparó en que estaba pagando su enfado con el hombre equivocado; solo tenía un aliado, y ese era Einar. De ahí que se revolviera hacia Leó—. ¡Ya es hora de que dejes de mentirnos, Leó! —espetó con decisión, dando un paso hacia él. Y se percató de que le había asustado, el muy cabrón le tenía un poco de miedo. Pues ya le iba bien.

—Yo... yo no os he mentido —contestó el hombre.

Erla se sentó a su lado en el sofá, a pesar del poco espacio que había. Ahora sí que se iba a revelar la verdad.

—Nos dijiste que habías encontrado nuestra casa por casualidad, ¿no es así?

—Sí, gracias a Dios... Seguramente eso me salvó la vida —titubeó él, estaba nervioso, no cabía duda.

—Mentira. Eso es mentira. Vi tu rastro en la nieve, y seguiste la carretera hasta aquí. Sí, señor, eso nos contaste. También dijiste que había estacas que sobresalían de la nieve, balizas, y que intentaste guiarte por ellas —continuó en tono firme.

En cierto modo, se sorprendió de su propio arrojo, a la hora de la verdad. Y, sin embargo, ahora ella también estaba muy asustada; asustada por su hija. Temía que el intruso le hubiese hecho daño a Anna.

Leó callaba.

—¿No es eso lo que dijiste ayer? ¿Eh?

—Sí, pero, o sea, no lo decía en ese sentido... Vi algunas balizas, eso sí...

—Y justo esas balizas señalan el camino a nuestra casa, pero primero pasan por la casa de Anna. Es la carretera que viene desde el pueblo. Y llegaste desde allí. No formabas parte de ninguna partida de caza junto con tus amiguetes, dos, tres ¡o cuantos quiera que sean hoy!

El pensamiento de que posiblemente estuviera luchando por su hija redoblaba sus fuerzas. Maldita sea, ¡Anna debería haber llegado hacía un buen rato!

—Sí que participaba en una cacería —replicó Leó, ahora más resuelto que antes—. Estábamos cazando perdices nivales.

Y ya, al final, intervino Einar:

—¿Y dónde está tu escopeta, amigo mío? —preguntó a media voz, aunque firme.

Por fin, por fin empezaba a ver la luz. A tomar conciencia de que no todo andaba bien.

—¿La escopeta? La dejé atrás cuando me perdí.

Me estaba cansando y no podía cargar con más peso del estrictamente necesario.

Erla no dijo nada, dejó que Einar llevara la voz cantante en este punto.

El otro no contestó enseguida y, durante un rato, reinó un silencio electrizante en el pequeño salón. Además, el ambiente estaba de lo más enrarecido a causa del apagón; de puertas adentro no había mucha luz, pero tampoco oscuridad. Reinaba una especie de penumbra, y era ahí, justamente, donde se escondía el mayor peligro, en opinión de Erla. Ahí los fantasmas podían emprender sus juegos tomando formas humanas, al menos de vez en cuando, sin que nadie se enterara.

Le entraron escalofríos. En casa hacía frío, como de costumbre, y deseaba con todas sus fuerzas que aquel hombre no hubiese aparecido nunca. Que nunca hubiese roto el equilibrio que reinaba en su hogar. Sí, se sentía desgraciada allí, en cierto modo; eso no se podía negar, y, aun así, quería poder sentirse infeliz en paz, porque a todo se acostumbraba una.

En medio del silencio, Erla permanecía atenta para oír a Anna, esperando que llamase a la puerta, que entrara en el salón, toda cubierta de nieve tras la caminata, pidiendo disculpas por llegar tan tarde. Y entonces podría dejar de apretarle las tuercas a Leó. Porque tal vez, y solo tal vez, estaba diciendo la verdad. Pero tal vez mentía, tal vez le había hecho daño a su hija.

—¿Así que la dejaste por ahí, amigo? ¿La escopeta? —preguntó por fin Einar.

Leó asintió con la cabeza, echando miradas huidizas a ambos lados. A lo mejor se había dado cuenta de que la partida había acabado y de que él había perdido. De que allí no era bienvenido.

—Sí —contestó.

—Eso es raro. Las escopetas de caza son unos juguetes muy caros, carísimos, como sabes. Nunca he oído que la gente abandone su escopeta en plena naturaleza, así como así. ¿Sabes dónde puede estar?

—No, la verdad es que no.

—Está claro que te sobra el dinero.

—¿Cómo? Pues claro que no me sobra, y lamento haber tenido que desprenderme de ella, pero no quería morir congelado.

—Y llegaste siguiendo la carretera, dices. ¿No viste la otra casa por el camino?

Hubo un largo silencio.

—¿La otra casa? —preguntó Leó, titubeante.

—Sí, mi mujer te preguntó por ella anoche y de nuevo esta mañana.

—Ah, sí... —respondió Leó tras un breve silencio.

—Dijiste que no habías visto ninguna otra construcción aparte de la nuestra y, sin embargo, hay otra casa de nuestra propiedad relativamente cerca. Y la carretera pasa junto a ella.

Einar se mostraba inusualmente firme.

Leó callaba.

—Seguiste esa carretera, las balizas en la nieve, ¿no?

—Sí..., sí, eso hice.

—¿Y no viste la casa, o estabas buscando la nuestra?

Otra vez se impuso el silencio. Erla se sentía mal en el salón, en un lugar en el que por lo general estaba tan segura, a pesar de todo. Einar se había alejado un poco de Leó y ella había hecho lo mismo, como para subrayar que ya había llegado la hora de rendir cuentas. Ellos dos contra él.

—Sí, es posible que la viese, yo... Vi lo que parecía una casa a lo lejos, pero tenía todas las luces apagadas, así que seguí mi camino. Claro que podría haber sido aquella casa. Estaba agotado, ¿entendéis?... Solo buscaba a alguien que pudiera salvarme, alguna luz...

—Nuestra hija vive allí —lo interrumpió Erla—, y ella no te habría cerrado la puerta. ¿Sabes lo que creo? —añadió alzando la voz—. Creo que te acercaste a su casa, te encontraste con ella... y le hiciste algo. ¡Eso creo! Anna no ha llegado, todavía no ha llegado... ¡Di la verdad, Leó, di la verdad!

—Erla... —intervino Einar—. Erla, cariño...

—Lo juro, juro que no me encontré con ella. Ni siquiera llamé a su puerta. Aquella casa parecía estar... o sea... No tenía luces encendidas, creo; no sé exactamente qué pensé. Uno no piensa con lógica en una situación así.

Ahora Einar dio un paso hacia Leó y subió el tono:

—¿Qué quieres de nosotros?

—¿Que qué quiero de vosotros? ¡Nada! Solo necesitaba un sitio donde refugiarme. Todo esto es un malentendido.

—¿Qué le has hecho a nuestra Anna? —gritó Erla, sintiendo las lágrimas rodar por sus mejillas—. ¡Qué le has hecho!

—Nunca me he encontrado con esa Anna, lo juro...

—Mi mujer también me ha contado que te metiste en nuestro dormitorio ayer. ¿Es eso cierto?

La acusación pareció desconcertar a Leó.

—No, no, no sé por qué cree eso.

—Te vi al entrar. Estoy segura —dijo Erla con firmeza.

—Me viste en el pasillo, dirás. El resto te lo habrás imaginado —contestó él a voz en cuello.

—Ahora debemos cuidar nuestras palabras —intervino Einar, sosegado pero resuelto—. Puede que mi mujer haya malinterpretado lo que vio, pero aquí hay una serie de cosas que necesitan una explicación, creo yo.

—No sé qué decir —protestó el huésped, y suspiró—. No he mentido sobre nada y no entiendo por qué me acusáis así. Si no me queréis aquí, entonces me largo y punto, claro.

—Para el carro. Nadie ha dicho eso —terció Einar—. Solo queremos que seas sincero con nosotros.

—Pero si ya estoy siendo sincero con...

En ese momento, Erla volvió a meter baza:

—¿Y qué pasó anoche? ¿Qué hacías dando vueltas por la casa?

Durante un instante, se le ocurrió que a lo mejor todo había sido un sueño, que no había oído aquellos ligeros ruidos de pasos, que no había oído la puerta de la buhardilla, pero al ver la cara de Leó —su mirada—, se convenció de que todo aquello había pasado. Echó un vistazo a su marido y supo que él había notado lo mismo: el traicionero rastro de la culpa.

Leó no dijo nada.

—Te oí, subiste arriba.

—¿Cómo diablos...?

—¿... lo sé? Porque conozco la casa —contestó Erla.

—Bueno, una y otra vez surgen preguntas para las que necesitamos respuestas, Leó —infirió Einar.

—Yo... —titubeó el otro. Erla comprendió que estaba decidiendo si seguir erre que erre con sus mentiras o admitir sus actos—. Sí, anoche me di una vuelta por la casa; no podía dormir, sentía cierta claustrofobia, si os soy sincero. No estoy acostumbrado a quedarme encerrado en un sitio, ¿entendéis? Salí un momento fuera a respirar un poco de aire fresco, aunque a decir verdad no sirvió de gran cosa, solo me hizo aún más consciente que antes de lo..., bueno, de lo aislado que está este sitio.

—¿Y qué pasa con la buhardilla? ¿Por qué subiste? Y no intentes mentirme, Leó: oí cómo abrías la puerta, arriba. —Luego Erla añadió—: Y mi marido también.

—Sí, no sé exactamente qué fue lo que me llevó arriba. Solo quería averiguar si podía echarme un rato, pensé que a lo mejor ahí disminuía un poco la sensación de claustrofobia.

Einar se acercó a Leó y le puso una pesada mano en el hombro.

—¿Y qué pasó luego? ¿Te metiste en tu cuarto sin más?

Su voz se había vuelto tenebrosa.

Leó bajó los ojos y, al cabo de unos segundos, contestó:

—Sí, y conseguí dormirme de nuevo. Siento haberos tenido desvelados.

—Acompáñame —ordenó Einar, aunque en tono educado. Seguía agarrándolo por el hombro.

—¿Que te acompañe? ¿Adónde?

—Arriba.

—Arriba... ¿a la buhardilla?

—Sí, ven conmigo. Quiero asegurarme de que no hayas roto ni robado nada —respondió con decisión. Y al ver que Leó no reaccionaba, añadió—: Salvo que prefieras que no lo averigüe.

—No, no, por supuesto. No tengo nada que esconder.

—Subamos, pues. Tú primero, ya conoces el camino.

Erla podía verlo en su mirada: Leó no sabía por dónde le venían los tiros. Aun así, obedeció y subió despacio por la escalera. La puerta de la buhardilla estaba cerrada con llave desde fuera y, al oírla girar en la cerradura, ella se dio cuenta de que quizá fuera precisamente ese ruido lo que la había convencido de que Leó había estado husmeando ahí arriba la noche anterior.

—Aquí no se ve a un palmo, claro —escuchó decir a Einar—. Quédate aquí un momento, que voy a por una vela.

Erla se pegó un susto al oír cómo Einar cerraba la puerta a su espalda y echaba la llave. Los instantes siguientes pasaron a cámara lenta, mientras caía en la cuenta de que su marido había encerrado al huésped.

A continuación, escuchó los primeros gritos y el pomo de la puerta.

—¿Qué coño está pasando? —La voz de Leó se escuchaba con toda claridad por la casa, a pesar de que estuviera encerrado. Golpeaba con fuerza la puerta, pero Erla sabía que era de madera maciza. La casa era antigua y sólida, y la mayoría de las puertas, gruesas y, en consonancia, de buena calidad.

—¡Dejadme salir, joder! ¡Dejadme salir! Esto es un delito, ¡dejadme salir! —vociferaba, aporreando la puerta.

Einar bajó la escalera la mar de tranquilo.

—Bueno, vamos a echar una ojeada a sus cosas, cariño. Hay algo en este tipo que no me convence. Creo que tal vez lo has calado bien. —Luego gritó—: ¡Ten paciencia, amigo, es un minuto! ¡Enseguida vuelvo!

Erla, que casi no podía creerse lo que estaba pasando, se alegró de que Einar hubiese decidido fiarse de ella.

—¿Qué estás haciendo, Einar? —le susurró por fin, acercándose a él.

—Hay algo raro en todo esto, cariño. Ahora vamos a averiguar si está diciendo la verdad.

—¿Y qué... qué vas a hacer? ¿Lo vas a tener ahí encerrado... durante toda la Navidad?

—No, por supuesto que no —contestó Einar mientras, una vez más, Leó golpeaba la puerta con fuerza—. No estaría bien. Y, a lo mejor, todo esto es un enorme malentendido; en ese caso, sencillamente le dejaremos salir de inmediato, pero debemos andarnos con pies de plomo, cariño. No voy a permitir que ningún forastero te haga daño, ni hablar.

—¿Y qué...?

—Solo voy a echar un vistazo a sus cosas. Enseguida averiguaré si nos está mintiendo. —Negó con la cabeza y farfulló—: Un cazador sin escopeta... ¡Habrase visto!

¿Había sido eso la gota que había colmado el vaso? Poco a poco, las evidencias de que ahí había gato encerrado se habían ido acumulando, pero quizá Einar no había empezado a sumar dos y dos hasta ahora, porque eso lo entendía por sí solo, dado que él mismo era un cazador diestro. No eran pocas las perdices nivales que capturaba en invierno, a pesar de que siempre comían carne de cordero ahumada en Navidad y no perdiz, como hacían algunos.

La escopeta de Einar... De repente, a Erla se le ocurrió un pensamiento horrible.

—Einar —susurró—, ¡tu escopeta! ¿Podría haber forzado el armario anoche? ¿Podría ser eso lo que andaba buscando?

Su marido frunció el ceño.

—Está cerrado con llave, y siempre la llevo conmigo, ya lo sabes. —Se dio una palmada en el bolsillo—. Aun así, bien visto, cariño. Iré a comprobarlo.

Desapareció por el pasillo y regresó poco después, negando con la cabeza.

—Nada, mi escopeta sigue en el armario, y no parece que haya tratado de abrirlo. Venga, vamos a echar un vistazo entre sus cosas.

Erla se quedó petrificada mientras observaba a Einar meterse en el cuarto de invitados, y luego, de repente, se le fue el pensamiento a la carne ahumada, a cuándo tendría que comenzar a cocerla y cuándo debía empezar a preparar toda la guarnición. Esa era la cena del año en la que ponía más esmero, como debía ser, y todo tenía que salir a la perfección. Además, solían servir algo ligero para comer a mediodía, y se había olvidado por completo.

Dejó caer los párpados, intentando excluir el ruido y permitir que esas preocupaciones cotidianas —o quizá festivas— la llevasen a otro mundo, en el que todo estaba tranquilo; en el que la luz no hubiera cedido ante la oscuridad por un apagón; en el que ningún visitante hubiese surgido por sorpresa de la ventisca; en el que una hermosa música navideña sonase de fondo en el tocadiscos; en el que solo los fantasmas familiares camparan por sus respetos por la noche, y no un desconocido peligroso; en el que Anna hubiese llegado para la comida del día de Nochebuena y...

«¿Anna?»

De pronto, Anna volvió a sacar a Erla de esas elucubraciones, devolviéndola a la realidad. Aún no había el menor rastro de su hija.

El muy desgraciado les había mentido. ¿Le había hecho daño a Anna? Más les valía tenerlo encerrado bajo llave, por ahora.

16

La madre de Hulda estaba sentada en el sofá, con un vaso de refresco navideño entre las manos. Apenas hablaba, pero cada tanto cogía un bombón del cuenco que había sobre la mesa del salón. Hulda había hecho lo que había podido para fingir que todo iba de maravilla. En la radio se emitían saludos navideños para los marineros que se encontraban en alta mar.

—Este año hay Navidad larga —comentó la madre a bote pronto.

—¿Navidad larga?

—Sí, ayer lo estaban comentando en la radio. Es cuando el día de Navidad cae en sábado. Entonces hay Navidad larga y buena. —Desplegó una sonrisa cansada.

De todos modos, siempre parecía estar cansada y en los recuerdos de Hulda siempre lo había estado; siempre ajetreada, deslomándose para llegar a fin de mes, generalmente simultaneando varios empleos. Ahora se estaba acercando a la edad de jubilación, y aun así seguía trabajando de sol a sol, limpiando casas.

Hulda se había prometido a sí misma una y otra vez que no terminaría en la misma situación cuando llegase a esa edad. Al contrario: se había prometido que para entonces Jón y ella ya estarían libres de deudas y lo suficientemente acomodados como para poder dejar de trabajar a una edad razonable y disfrutar de los años dorados que tuviesen por delante.

A Jón no se le veía por ninguna parte; se había metido en su despacho con el pretexto de resolver un asunto urgente antes de Navidad. A Hulda le crispaba los nervios lo mucho que trabajaba, a pesar de que en realidad fuera su propio jefe, pero, mientras disfrutaran de tan buena posición, ella no se podía quejar. De todas formas, a veces le parecía que lo usaba de excusa, como por ejemplo ahora; a lo mejor quería evitar estar sentado demasiado tiempo al lado de su suegra.

Hulda se obligó a quedarse a solas con su madre en el salón, pese a que tenían pocas cosas de las que hablar y a que los temas de conversación normalmente no partieran de ella.

—Huldita, luego oiremos la misa radiada, ¿no?

—Sí, mientras cenamos, mamá, como solemos hacer.

—Sí, solo quería asegurarme. Es lo que corresponde, a mi entender, lo de oír misa. Da tanto espíritu navideño... —Tras un breve silencio, añadió—: Cenaremos lomo de cerdo ahumado esta noche, como de costumbre, ¿verdad?

—Sí, mamá, no vamos a romper la tradición.

—Sí, eso está muy bien. Aunque tampoco era lo que se estilaba cuando yo era niña, pero sí que está muy bien... Oye, ¿dónde se ha metido la pequeña Dimma?

—Está descansando, mamá. Ya sabes cómo son las adolescentes...

—Es que he traído dos regalos para mi chiquilla. —Bajó la voz—: Un jersey de lana que he tejido yo misma y un libro. Espero que le gusten las dos cosas.

Hulda hizo un gesto de aprobación.

—Sí, seguro que sí, mamá; segurísimo.

17

Erla se quedó en un segundo plano y dejó que Einar irrumpiera en el cuarto de invitados con el fin de registrar el equipaje de Leó. Aguardaba fuera, debatiéndose entre la esperanza y el temor, mientras trataba de aislar su mente de los ruidos del hombre, que seguía golpeando la puerta de la buhardilla y gritando.

Ahora que Einar estaba actuando según sus sospechas, de pronto le asaltaron las dudas. ¿Y si, después de todo, había malinterpretado la situación y Leó no les había mentido? Quizá solo se había perdido y no recordaba bien algunas cosas en medio de toda la precipitación, agotado como estaba por el cansancio y el frío.

En ese caso, ¿cómo, en el nombre del cielo, acabaría todo aquello? Seguramente el tipo se pondría en contacto con la policía en cuanto llegase al primer pueblo y ellos dos estarían en boca de todos, estigmatizados e incluso denunciados... Notó que empezaba a hiperventilar, muerta de miedo. No, no, pensó: lo negarían todo y listo. No quedaba otra. Sería su palabra contra la de ellos.

«No, no sé de qué habla ese hombre. Lo recibimos y le ofrecimos alojamiento; eso fue todo.»

Intentó imaginarse la conversación con la policía, tratando de visualizar qué agente vendría a verlos. A lo mejor el teniente. Sí, probablemente sería él, un hombre de mediana edad que nunca le había caído demasiado bien.

—¡Erla! ¡Ven! —gritó Einar a través de la bruma que la envolvía—. ¡Ven enseguida! ¡Mira lo que he encontrado!

Ella se quedó expectante, pero también temerosa; se acercó al cuarto a paso lento pero seguro, sintiendo cómo el corazón le batía en el pecho.

—¡Date prisa!

Echó un vistazo dentro y vio que Einar, triunfante, sostenía una brújula en la mano.

—Lleva una brújula, el muy mentiroso. Así que no andaba tan perdido; nos ha contado la trola de que estaba del todo desorientado. No me sorprendería si hubiera saboteado la línea telefónica; es muy sospechoso que se cayera la línea justo cuando llegó él.

—¿Tú crees...? ¿De veras crees eso?

Pero la idea no era tan descabellada. El teléfono había funcionado perfectamente el día anterior a la llegada de Leó, y la línea solía aguantar toda clase de inclemencias del tiempo, incluso con cortes de luz.

—Más vale que echemos un vistazo. No soy ningún técnico de redes telefónicas, pero voy a averiguarlo. —Einar siguió revolviendo el contenido de la mochila del huésped.

Erla retrocedió unos pasos. Tuvo que admitir que, a pesar de todo, le incomodaba un poco esa invasión en la intimidad del hombre. Desde luego, era posible que les hubiese informado mal, que les hubiese mentido, pero Einar, en cierto modo, había ido demasiado lejos.

Se le pasó por la cabeza subir a la buhardilla y dejar salir a Leó; parar esa locura. Y, en cambio, continuó observando a su marido. Era como si una especie de frenesí lo hubiese poseído: sacudía la mochila y arrancaba de ella los objetos uno tras otro. ¿Cómo diablos podía justificarse un comportamiento semejante?

Por norma, Einar era una persona sosegada y, sin embargo, ella ya había visto antes ese otro lado suyo. No muy a menudo, pero sí alguna que otra vez, aunque nunca había sido víctima de esos arrebatos, por suerte. Siempre se había portado bien con ella. No obstante, si se le presionaba demasiado, podía suceder que estallara en un ataque de ira. En esas ocasiones era como si sufriera una metamorfosis; no había otro modo de describirlo. A lo mejor lograba controlar esos defectos de carácter evitando a otras personas, viviendo en un sitio tan apartado, en el que había poco trasiego de gente, y él por su parte rara vez bajaba al pueblo.

Tal vez por eso la soledad le sentaba tan bien a su marido, y tan mal a ella. Nunca había tenido exactamente miedo de él, pero a veces no estaba del todo tranquila. Cuando se conocieron, Einar era un hombre de lo más reposado y, de hecho, resultaba muy cómodo convivir con él. Era frugal; sin duda frugal en exceso.

Erla, por el contrario, estaba en una prisión sin barrotes, sin carceleros, y, además, atrapada en los recovecos de su mente, intentando evitar pensar en el mundo exterior, en todos los sitios que no podía visitar, en toda la gente con la que no podía reunirse; eludiendo pensar en cómo su vida habría podido evolucionar si no hubiese conocido a Einar.

—¡Mira esto, mira, Erla! —Einar tenía un fajo de billetes en la mano, billetes de cinco mil coronas—. Dinero, un montón de dinero. Tenías razón: su historia no encaja.

—Eso no... eso no es nada raro. Es lógico que lleve dinero encima —contestó ella, y suspiró—. ¿No podríamos... no podríamos sencillamente...?

Einar la miró.

—¿No podríamos el qué?

—¿No podríamos dejarlo? Einar, tenemos que sacar a ese hombre de ahí.

—Vamos a llegar al fondo del asunto de una vez por todas, querida. Fuiste tú quien empezó todo esto, con esas interminables preguntas tuyas. Y tienes que ver que aquí hay gato encerrado.

Erla volvió a pensar en Anna. Ciertamente, ese hombre les había mentido repetidas veces.

—Bueno, sigamos buscando, pero que Dios nos ayude si nos estamos equivocando, Einar. Que Dios nos ayude.

Y los golpes procedentes de la buhardilla se intensificaban por momentos.

—¡Que abráis ahora mismo! ¡Ahora mismo! ¡No podéis hacerme esto!

18

—¡Erla, tienes que ver esto! ¡Entra! —gritó Einar, exaltado.

Ella se quedó paralizada en el vano de la puerta, incapaz de moverse, deseando con todas sus fuerzas encontrarse en cualquier otro lugar, y no allí, atrapada en esa situación escalofriante y al borde de sucumbir bajo el agobiante yugo de la tormenta de nieve que lo envolvía todo. Pero rendirse ahora y salir a la intemperie, huyendo en cualquier dirección, dispuesta a alejarse tanto como fuera posible, no serviría de nada.

En esa época del año, con ese tiempo, no había escapatoria.

Daría igual lo alto que gritara, lo rápido que corriera; solo serviría para sufrir una muerte lenta por hipotermia. Por eso a menudo pensaba en su hogar como una cárcel.

—Erla, ¿no me oyes? ¡Ven!

—Te oigo —respondió ella con voz pausada—. Pero no quiero ir, Einar. No quiero tomar parte en esto. Me parece... incorrecto. Estamos violando los derechos de ese hombre. No puede quedarse ahí encerrado. Debemos dejarlo salir.

—¡Pero si eras tú la que le tenía miedo, Erla! No yo. A veces no te entiendo. Déjate de tonterías; esto es la realidad, Erla. Ese hombre es real y creo que oculta algo. Estoy convencido. ¡Y esto lo confirma de sobra! —Sostenía una cartera desgastada en la mano.

—¡No pienso entrar! —gritó Erla, que había empezado a temblar.

—Bueno, pero mira esto.

Einar abrió la billetera y la mantuvo en alto, dirigiéndola hacia Erla. Ella dio un paso hacia el interior del cuarto con sumo cuidado, como si entrase en casa ajena en lugar de en una habitación de su propio hogar. Observó la documentación.

—Mira, un carnet de conducir con una foto suya, y Leó solo es su segundo nombre. Es como si no hubiera querido darnos su nombre verdadero.

—A lo mejor solo usa el segundo —respondió Erla. No estaba segura. Nunca había estado del todo segura de nada—. ¿Qué está pasando, Einar? —preguntó con voz temblorosa.

—No lo sé, cariño, pero voy a llegar al fondo de este asunto.

Su voz era tajante, decidida. A pesar de que en cierto modo se alegraba por que Einar fuera a tomar las riendas, Erla tenía un poco de miedo. Cuando su marido perdía los estribos así, corría el riesgo de cometer una imprudencia.

Einar agarró la mochila y la volcó con un movimiento brusco. El contenido —ropa y objetos de higiene personal— formó un gran montón en el suelo. Nada sospechoso a primera vista. Sacudió el macuto y miró dentro.

—Vacío. Tenemos que repasar todo esto, Erla, encontrar algunas pistas sobre quién es y qué trama. Por lo que sabemos, podría ser un criminal a la fuga.

—No logrará romper la puerta, ¿verdad?

—Esperemos que no, pero si resulta que sí, tendrá que vérselas conmigo. No me preocupa para nada ese hombre, es un mindundi de la capital. Yo debería poder con él.

Y Erla no esperaba otra cosa. Einar era de constitución fuerte, heredero de la fuerza acumulada de sus antepasados, que habían lidiado una feroz batalla contra los elementos naturales para mantener habitado ese remoto terruño. Y lo habían logrado hasta hoy, aun cuando ya habían aparecido indicios de que esos tiempos de ganaderos tocaban a su fin; todos lo veían excepto Einar. Si al menos pudieran mudarse... Empezar con buen pie en otro lugar.

Aunque, en realidad, Erla sabía que eso no era tan sencillo. Todo cuanto tenían estaba en esa finca, de un modo u otro: la ganadería, la maquinaria, los animales... Y no sería nada fácil sacarles beneficios contantes y sonantes. Una casa vieja lejos de cualquier zona urbana no tenía mucho valor si nadie quería vivir allí. De eso mismo daban fe todas las granjas abandonadas, todas las propiedades en ruinas esparcidas por la campiña islandesa, y Erla podía imaginar cómo su propia casa correría el mismo destino después de que ellos se fueran: los cristales de las ventanas rotos, la pintura desconchada, el tejado oxidado; una cáscara vacía, que ya no era un hogar, apta solo para los fantasmas que vagaban por los páramos.

Los campos, de hecho, también eran de su propiedad, unas tierras bastante extensas, pero con ellos pasaba lo mismo que con la casa: una explotación en la zona no valía nada salvo para el granjero que estuviera dispuesto a vivir en ella. Allí nunca habría parcelas para casas rurales de vacaciones, con ese frío siberiano en invierno y, por lo general, con frío en verano también.

Einar seguía revolviendo las cosas de la mochila.

—Aquí no hay nada interesante.

—¿Y ese bolsillo de ahí?

—¿Qué? ¿Dónde? —preguntó él, ansioso.

—Aquí, en este lado.

Erla señaló un bolsillo profundo en el lateral de la mochila.

—Sí, bien visto. A lo mejor hay algo escondido. —Einar bajó la cremallera y metió la mano dentro del bolsillo—. Pero ¿qué cojones...?

19

Del bolsillo Einar sacó un cuchillo de caza en su funda.

Lo extrajo de la vaina y probó el filo con el pulgar.

—¡Joder! Sí que está afilado...

Erla se puso tensa, pero era consciente de que lo más importante en ese momento era tranquilizar a su marido. Reconocía su expresión, su tono de voz.

—Eso puede tener una explicación de lo más lógica. A fin de cuentas, el hombre estaba de caza.

—¿Lanzando cuchillos a las perdices nivales?

—Sabes de sobra que no hay nada raro en llevar un cuchillo a una partida de caza, como medida de precaución.

—Creo que ha llegado la hora de hablar con él —decidió Einar, haciendo ademán de salir del cuarto.

Erla se interpuso.

—Einar..., Einar.

—Erla, déjame ir a hablar con él. —Seguía con el cuchillo en la mano.

—Deja el cuchillo, cariño.

—Me lo llevo solo por si acaso. Por precaución, como tú has dicho. No sé a quién nos enfrentamos, cariño.

—Bueno. Al menos vuelve a meterlo en la funda.

Pero era como hablarle a una pared.

Erla seguía plantada en el mismo sitio, dispuesta a no dejar pasar a su marido, mientras oía de fondo cómo Leó continuaba aporreando la puerta, gritando y dejándose la voz.

Y luego el pensamiento se le fue de nuevo a Anna.

—Einar, ¿crees que ha pasado por casa de Anna y le ha hecho daño? —preguntó, aun sabiendo que Einar no la escuchaba.

La había dejado atrás y ya estaba subiendo las escaleras.

El cuchillo, ese acero asesino... Se le nubló la vista al pensar en lo que podía haber sucedido y por qué Leó había mentido al asegurar que no había visto ninguna otra casa. Cuánto deseaba oír que llamaban a la puerta y que fuera Anna, que llegaba para la cena de Navidad...

¿Y si la había atacado? ¿Y si yacía en un charco de su propia sangre, indefensa? Se sintió abrumada por un impulso irrefrenable de salir corriendo por la puerta principal y dirigirse a casa de su hija, desafiando la tormenta.

—Voy a ir a ver a Anna —se dijo a sí misma.

Pero oía la tempestad rugir fuera y sabía que sería una travesía difícil; imposible, en realidad.

Fue hacia el salón.

—Voy a entrar —oyó decir a Einar en tono bronco—. ¿Puedes apartarte de la puerta?

Los golpes cesaron y desde la habitación de la buhardilla le llegó el grito:

—¡Pasa!

A Erla le entró miedo, un miedo de muerte. Lo más sensato hubiera sido salir corriendo hacia arriba y separarlos, decirle a Einar que dejase a ese hombre irse por su camino. Enseñarle la puerta, o quizá..., quizá meterlo en el sótano, dejar que se alojara allí. Ellos mismos podrían encerrarse bajo llave, celebrar las Navidades en paz y luego afrontar los problemas más adelante. Tendría que mentir a la policía; sí, sin lugar a dudas. Ella podría hacerlo, estaba segura. Podría mentir por Einar, afirmando que jamás había encerrado a nadie. «¡Qué disparate! ¡Mi marido nunca haría una cosa así!», les diría. Sí, seguro que podría ser muy convincente. A pesar de todo, no aguantaría sin su Einar. Hubiera preferido vivir en otro lugar, eso sí, pero hacía tiempo que había decidido unir su vida a la de él, envejecer a su lado. La idea de quedarse sin él le resultaba abrumadora e incómoda.

Un extraño silencio había caído en la casa. Seguramente su marido estaba abriendo la puerta; sí, oyó la llave girar en la cerradura. Luego la puerta se abrió con estrépito.

—¿Qué cojones quieres de nosotros? ¿Y qué es esto, eh? ¿Qué es esto? ¿Por qué has venido aquí armado?

Erla oyó gritar a su marido y ya no quiso saber más. Se tapó los oídos y echó a correr hacia la puerta de entrada, pero tuvo que quitarse las manos de las orejas para abrir, y entonces oyó los gritos de uno contra el otro arriba en la buhardilla. Se sumergió corriendo en la nevada, sin pararse a pensar en que no llevaba ropa de abrigo.

Se alejó de la casa a la carrera, viendo que la tormenta ya se había convertido en ventisca cerrada, pero no había más remedio: no aguantaba oír lo que ocurría dentro. No soportaba escuchar a Einar cuando daba rienda suelta a su ira.

Y deseaba con toda el alma que ese desconocido nunca hubiera llegado, deseaba viajar un poco más de veinticuatro horas atrás en el tiempo. Si tuviera otra oportunidad, ¡no le dejaría entrar en casa!

Otra oportunidad...

Y ahí estaba, en plena Nochebuena, a muchos kilómetros de distancia de cualquier pueblo: Navidades blancas, desde luego lo suyo eran Navidades blancas, pero carentes de todo encanto. Enseguida le entró frío, mas siguió trotando, alejándose de la casa por la pista que salía de esta, a pesar de que la nevada ya había borrado casi todos los puntos de referencia.

Advirtió que iba corriendo hacia la casa de su hija, aun cuando sabía que quedaba tan lejos que nunca lograría llegar ahí con vida, no con ese tiempo, no así vestida. Y no obstante continuó corriendo, como en un sueño, como en una pesadilla; su cuerpo, pesado bajo la incesante nevada. Sentía frío y ya le faltaba el aliento, desacostumbrada como estaba a correr, y aun así no podía parar. No iba a detenerse hasta que se le agotasen las fuerzas y no fuese capaz de dar un paso más.

Y entonces cayó en la cuenta de que podría morir de frío; ese pensamiento la asaltó como un rayo y, un instante después, había desaparecido. No podía dejar de pensar en Einar y su temperamento; en Anna, su pobre hija, la hija de ambos. Y en ese desconocido que quería destrozarlo todo, echar por tierra la vida que tantos años, décadas, les había costado levantar. Sí, tal vez no estaba siempre contenta, no todos los días, pero en cualquier caso esa era su vida y él no tenía ningún derecho —¡ni el más mínimo!— a meterse en medio. A ponerlo todo patas arriba.

Se detuvo, exhausta, y al mirar hacia atrás, con los ojos entornados por el escozor de los copos, se sorprendió al darse cuenta del poco terreno que había recorrido. La nevada amortiguaba todos sus sentidos. Su casa no quedaba a mucha distancia y, aun así, resultaba difícil vislumbrarla a través de la espesa capa de nieve, además de que se veía incómodamente oscura y fría por el apagón, sin ninguna cálida luz que manase de las ventanas. Como si estuviera aprisionada entre las gélidas garras del invierno.

Seguro que Einar y el huésped seguían a voces en la buhardilla, y ella se sintió aliviada de estar lejos de esa bronca. Echó a correr de nuevo, intentando superar la fatiga, como si estuviera huyendo de alguien, de algo, como si literalmente se encontrara en grave peligro de muerte.

Notaba cómo la nieve le taponaba la boca, la nariz y los ojos, cómo el frío se le iba agarrando al cuerpo de arriba abajo, pero no tenía tiempo para sentir frío. No tenía tiempo para limpiarse los copos de nieve de los ojos; solo continuaba corriendo. Sabía más o menos que seguía la vieja carretera, de modo que estaba bastante segura de no perderse. Eso no podía suceder. Iba a regresar, claro, pero solo cuando Einar hubiese resuelto el problema, como hacía siempre. Era un hombre de fiar.

Podía mostrarse decidido. Testarudo, incluso irascible, pero nunca había pagado su genio con ella, y mucho menos con Anna.

Sí, Erla también sabía que cada paso la acercaba a la casa de su hija, aun cuando la distancia era considerable.

Aminoró la marcha un poco, no podía seguir

con el mismo ímpetu que llevaba hasta ahora, y se detuvo un momento, solo para que el frío volviera a imponerse en su conciencia. Apenas sentía los dedos. Apretó los puños para que corriese la sangre, pero no sirvió de mucho. Se vio obligada a dar media vuelta, no tenía sentido seguir con ese disparate. Y entonces fue cuando se fijó en el coche.

Ahí estaba, su viejo jeep, el viejo jeep verde. En invierno, Einar siempre lo dejaba a cierta distancia de la granja, porque el último tramo hasta su casa era el más difícil, donde se formaban los mayores cúmulos de nieve.

Volvió la vista atrás un instante, temerosa de que alguien la siguiera, clavando los ojos en la tormenta a través de las cortinas de nieve, pero sin ver nada que indicase que así fuera. Sin ver nada de nada, en general.

A Erla no le quedaban fuerzas para regresar corriendo, necesitaba un descanso. Estaba reventada y todo su cuerpo se sacudía entre escalofríos. Abrió la puerta del jeep, que, como de costumbre, no estaba cerrado con llave. Se arrastró dentro y se sentó en el asiento del conductor. Buscó las llaves en el contacto; Einar siempre las dejaba puestas, pero esta vez se las había llevado. De todos modos, no llegaría lejos con tanta nieve. Solo necesitaba calentarse un poco. Hacía frío dentro del coche, aunque se estaba algo mejor que fuera, a merced de la ventisca. Se quedó ahí jadeando, recuperando el aliento, y cerró los ojos un instante solo para reunir fuerzas, no para dormirse. Sabía que no debía sucumbir a la somnolencia que empezaba a adueñarse de ella.

20

Erla se despertó de golpe. Se había quedado dormida en el asiento del conductor del jeep y no sabía cuánto tiempo llevaba allí. Estaba helada y, dado el riesgo de hipotermia, tenía suerte de haberse despertado.

¿Había oído algún ruido? ¿O solo había sido en sueños?

Se irguió y miró a la izquierda, a través de la ventanilla, donde se topó con dos escalofriantes ojos clavados en ella, ahí fuera, en medio de la nevada.

Durante un instante se quedó sin respiración, luego se agarrotó de miedo. No pudo ver de inmediato quién estaba mirándola, pero sabía que no tenía escapatoria: no había echado el seguro y estaba prácticamente atrapada en su asiento.

Apartó los ojos; no aguantaba mirar hacia

fuera. Luego, aterrada, intentó bloquear las puertas desde dentro.

Pero era un consuelo efímero: desde donde estaba sentada solo podía trancar la puerta del conductor.

Entonces notó unos golpes en la luna y comprendió que ese era el sonido que la había despertado.

Erla giró la cabeza con suma parsimonia hacia la ventanilla, muerta de miedo, con el corazón desbocado, pero dispuesta a observar bien a la persona en cuestión. Solo había dos posibilidades: o era Einar o era el visitante. En ese momento no podía permitirse creer en nada sobrenatural.

Y cuánto deseaba que fuera Einar.

Miró al hombre a través de la rendija de nieve.

No era Einar.

Se quedó inmóvil en su asiento.

De nuevo, el otro golpeó la luna.

—¿Erla? —exclamó con voz amortiguada. Trató en vano de abrir la puerta—. ¿Erla? ¿Podrías abrir? Necesito hablar contigo.

Ella intentó contestar, pero le falló la voz.

—¿Erla? ¿Me haces el favor de volver conmigo a la casa?

Esta vez ella creyó distinguir inseguridad en su tono. Eso, en sí, era raro, porque si había alguien que debía tener miedo en esas circunstancias era ella.

«¿Dónde está Einar?», pensó. ¿Por qué no había salido también a buscarla? Luchó por no dejarse llevar por la imaginación. Por supuesto que él estaba bien. Por supuesto. Debían de haberse separado y habían salido cada uno por su lado a buscarla. Quizá Einar había ido a revisar el granero.

Se había quedado dormida ahí, en ese coche congelado, exhausta. Desde luego, no había sido una buena idea. Había seguido nevando y poco cobijo podía ofrecer ese viejo jeep destartalado, y poco calor: el gélido viento se colaba por todas las rendijas.

—Erla, sal del coche, por favor. ¡Tengo que hablar contigo!

El hombre volvió a tirar con fuerza de la manija de la puerta y, durante un instante, ella creyó que iba a sacarla de sus goznes. Pero incluso viejo y oxidado, el jeep no cedía.

Apartó la vista, aunque luego decidió hacer de tripas corazón y clavó los ojos en Leó. «¿Qué quieres de mí?», intentó preguntar con la mirada, sin poder decir nada. Sin atreverse en realidad a decir nada.

Él parecía asustado; sí, de eso no había duda, y, sin embargo, conseguía de veras atemorizarla a ella. Los dos muertos de miedo: eso no podía traer nada bueno. Él llevaba poca ropa, como ella. Por alguna razón, había salido con prisas a la intemperie, y ahora estaba cubierto de nieve de pies a cabeza. Debía de estar congelado, pero alguna fuerza lo impulsaba, a pesar de todo. Erla quería saber qué había pasado y, aun así, temía conocer la verdad.

De repente, Leó soltó la manija y salió disparado para rodear el coche. Ella intentó estirar la mano hasta el cierre del lado del copiloto, pero resultó mucho más torpe de movimientos de lo que había esperado, recién despierta y entumecida por el frío.

Él fue más rápido: consiguió abrir la puerta.

21

En la vida había sentido tanto miedo.

Erla tenía la mirada fija en el intruso, en el hombre que había perturbado la paz navideña de su matrimonio en ese sitio dejado de la mano de Dios... El hombre que había llegado hasta ellos armado con un cuchillo, el hombre que les había mentido. Y eso que nadie debería poder llegar hasta allí en esa época del año; allí deberían estar seguros, lejos de las zonas pobladas.

La mirada de Leó transmitía ansiedad, y durante un rato ambos se quedaron inmóviles. Era como si él no supiera qué paso dar, ahora que había conseguido abrir la puerta del vehículo.

Erla se movió muy despacio en el asiento, deslizándose un poco más lejos de él. Leó, por su parte, seguía parado, sin ademán de irrumpir en el coche.

Ella iba alargando la mano hacia el cierre de la

puerta del conductor, lenta pero decidida, observándolo mientras tanto. Él no se movía.

Y entonces habló:

—Tengo que hablar contigo, Erla. Es muy urgente.

Ella no contestó, solo lo miraba. Al final, él añadió, en tono más bajo, de modo que el furor de la tempestad por poco se tragó sus palabras; ninguna nevada anterior había parecido tan espesa; los aullidos del viento, nunca tan estridentes:

—No voy a hacerte daño, te lo prometo.

Sus palabras le helaron la sangre. Erla abrió la puerta del coche de par en par, casi por puro instinto, y se bajó del jeep a trancas y barrancas.

No miró hacia atrás, solo fijó la vista al frente, en dirección a su casa, y echó a correr. Al igual que antes, no avanzaba con rapidez; de hecho, ahora le resultaba más difícil moverse y la ventisca, además, le impedía abrir los ojos.

Aun así, sabía adónde iba; conocía el camino como la palma de su mano, pero nunca antes había tenido tanta prisa. Nunca había estado en juego su vida. Tenía la muy desagradable sensación de que algo terrible había pasado y de que se hallaba en verdadero peligro, pese a que aquel hombre dijese lo contrario.

«No voy a hacerte daño.» No se atrevía a echar la vista atrás, no quería saber a qué distancia estaba él.

No se atrevía a aminorar la marcha.

Gritaba al vacío con todas sus fuerzas mientras corría, llamando a su marido; sin embargo, sabía que las ondas sonoras rápidamente se perderían entre los copos de nieve, que el viento ahogaría cada uno de sus gritos de desesperación.

Peor aún, tenía el horrible presentimiento de que no había nadie allí que pudiese oírla. El horrible presentimiento de que algo le había ocurrido a Einar, aunque se negaba a creerlo. No podía ser cierto.

Pero ¿dónde diablos estaba? ¿Por qué se encontraba ahí sola y abandonada, huyendo a la carrera de un peligroso intruso el día de Nochebuena?

—¡Einar!

Erla nunca hubiera creído que poseyera tantas fuerzas. Estaba claro que el miedo era una poderosa fuente de energía.

Iba muy poco abrigada, era peligroso, pero eso no tenía ninguna importancia ahora. Ahora lo único que le importaba era lograr entrar en casa antes que Leó, conseguir encerrarse bajo llave. Dejarlo a él fuera. Cerrar todas las ventanas. Hacer como si nada hubiese ocurrido, fingir que ese solo era un día más.

Se le nubló la vista; el cansancio se hacía notar, pero ya le faltaba poco. Estaba empeñada en llegar hasta el final. No cabía pensar otra cosa.

Le aterraba que Leó estuviese a punto de alcanzarla, que la agarrara por los hombros en cualquier instante, la tirara a la nieve y... Y luego ¿qué? Por muy difícil que fuera abrirse camino a través de la ventisca hasta la casa, seguro que él era capaz de correr más rápido que ella. Entonces, ¿por qué no la había alcanzado ya?

Le dieron ganas de mirar atrás y averiguar cuánta ventaja le llevaba, pero no se atrevió. Solo seguía hacia delante.

Una silueta surgió a través de la blancura. La casa. Estaba a punto de llegar... ya casi estaba.

22

Un villancico sonaba de fondo en la radio, pero en la mesa reinaba el silencio.

Por seguir la tradición, Hulda había engalanado la mesa del comedor: mantel de color rojo festivo, platos a juego y los mejores vasos de cristal fino. El refresco navideño de malta y naranjada en la mesa, como Dios manda, para mojar ese típico manjar de Navidad islandés que es el lomo de cerdo ligeramente ahumado, que se iba enfriando con cada minuto que pasaba.

Hulda y su madre ya se habían servido en sus platos. Esta última ya daba cuenta de la carne, con salsa marrón y patatas caramelizadas, pero Hulda seguía sin tocar su porción.

No había ni rastro de Jón ni de Dimma.

—Debe de estar a punto de venir con ella —comentó Hulda, más para sí que para su madre, con la mirada perdida.

—Huldita, hija...

Hulda miró a su madre, que se llevó a la boca otra porción de lomo y habló mientras masticaba:

—Huldita, hija —repitió—. No sé cómo estáis educando a Dimma o cómo soléis hacer Jón y tú las cosas, pero es de muy mala educación por parte de la niña no presentarse a cenar en Navidad. Y yo no le he visto el pelo hoy, y es Nochebuena. Cuando yo era una niña jamás se habría tolerado un comportamiento semejante.

—Mamá...

Su madre dio un buen sorbo del refresco navideño.

—¿Voy e intento hablar con ella? Siempre hemos hecho tan buenas migas, Dimma y yo. —Sonrió.

«Sí, al contrario que nosotras dos», le entraron ganas de decir a Hulda.

—Jón se ocupará —replicó en cambio, y añadió—: Todo va bien.

Sin embargo, ni ella misma se lo creía.

—Trabajáis demasiado, Huldita. Debe de ser eso. Jón siempre a todo correr, y luego tú, metida en no sé qué trabajo duro en la policía. No es de recibo, Huldita. Deberíais prestarle más atención a la niña y tú deberías buscarte un trabajo más cómodo. A lo mejor un empleo de nueve a doce, algo por el estilo. Jón es capaz de mantener por sí solo a toda la familia, ¿no?

—No te metas, mamá —contestó Hulda en tono

incisivo, antes de ponerse de pie y llamar pasillo adentro—: Jón, Dimma, ¿venís ya?

—Si me preguntas, creo que es falta de disciplina. A veces hay que tomar las riendas.

—¿Tomar las riendas?

—Sí, eso he dicho.

—Y en este caso, ¿quién sugieres que lo haga, eh? ¿Nosotros? ¿Tú?

La madre de Hulda se quedó algo perpleja.

—Bueno... Yo no he querido decir... Pero las madres tenemos todo el derecho a entrometernos, incluso respecto a los nietos y su educación. De eso yo ya sé un par de cosas.

—¿Ah, sí? ¿De veras? —se le escapó a Hulda, que se arrepintió en el acto.

El silencio que siguió fue incómodo y agobiante. Al rato se escuchó a Jón:

—¡Ya vamos, cariño!

—¿Qué has querido decir con eso, Hulda? ¿Qué intentabas decir?

La voz de la madre estaba a punto de quebrarse y a Hulda le entró el fervoroso deseo de encontrarse en cualquier otro lugar.

—No he querido decir nada con eso, mamá, perdona. Es solo que me ha molestado que metieras las narices en esto. Apenas podemos con Dimma estos días y estamos haciendo todo lo que está en nuestras manos.

Hulda obtuvo el silencio por toda respuesta y supo que, entre esas palabras aparentemente inocentes, su madre había percibido ecos del abismo que se había ido abriendo entre ellas a lo largo de las décadas, ese insalvable abismo con el que Hulda había aprendido a vivir; y su madre, no, con toda seguridad.

La mujer bajó los ojos al plato y tomó otro bocado.

—Hulda, tú sabes de sobra que nosotras..., sabes que intenté hacerlo lo mejor que...

Estas frases desfallecidas se deshicieron, evaporándose en el aire al son de la misa navideña.

Poco después apareció Jón, con el ceño fruncido. Al principio parecía que no iba a decir nada; Hulda sabía que a veces le daba por ahí, desaparecía dentro de su propio mundo sin apenas querer relacionarse con nadie.

Lo escrutó con la mirada intentando averiguar cómo estaba la situación, aunque había quedado claro que Dimma no iba a unirse a ellos. Y su pensamiento voló a los regalos de Navidad sin abrir que esperaban bajo el árbol bellamente adornado y anticipó un final miserable para lo que debería haber sido una noche feliz. Comprendió, por la expresión de Jón, que toda la alegría que debía acompañar a las fiestas había desaparecido. Lo que más deseaba era que su madre se largase, aunque sabía que eso era muy improbable, y no podían enseñarle la puerta en Navidad.

Fue ella quien rompió el silencio:

—Por Dios bendito, ¿se puede saber qué le pasa a la niña? ¿Voy y hablo con ella?

Jón titubeó antes de sentarse a la mesa.

—No serviría de nada, pero gracias de todos modos —contestó mientras se servía un vaso de refresco navideño—. No va a salir. No quiere salir.

—¿Y por qué no? —Otra vez fue la madre de Hulda quien preguntó.

—Me temo que no tengo ni idea. Ojalá supiera qué podemos hacer. —Parecía extrañamente abatido—. Es una especie de obstinación, una especie de..., bueno..., una especie de rebeldía adolescente, pero a otro nivel. Supongo que es... el peso de la tradición lo que ella rechaza, o algo por el estilo; las Navidades y todo lo que traen consigo. La verdad es que no sé explicarlo.

—Pues habrá que sacudirle esas tonterías de encima a la niña —dijo su suegra, y dio unos golpecitos en la mesa para subrayar sus palabras—. Más disciplina.

—¡Mamá! —exclamó Hulda—. ¡Quieres cerrar la boca! Esto no va contigo. Deja que Jón y yo nos ocupemos.

—¿Es que quieres que me vaya? ¿En mitad de la cena de Nochebuena? —contraatacó su madre—. Porque lo haré, si es eso lo que quieres, Hulda. Solo tienes que llamar a un taxi.

A Hulda le entraron ganas de secundarla y pedir un taxi, pero se obligó a decir:

—Por supuesto que no. No digas tonterías,

mamá. Vamos a disfrutar la comida, y luego trataremos de pasarlo bien y abriremos los regalos, como de costumbre.

Notó que una lágrima se deslizaba por su mejilla. Volvió el rostro y se la secó, intentando hacer acopio de ánimos.

—Se le pasará —dijo Jón finalmente, y metió mano al lomo.

—No se le pasará, Jón —replicó Hulda, olvidándose por un instante de que su madre estaba sentada a la mesa con ellos—. No se le pasará. En cuanto terminen las Navidades tenemos que hablar con un médico, un psicólogo o algo así. Eso está fuera de discusión.

Avergonzado, Jón levantó los ojos y miró primero a su suegra y luego a Hulda.

—No creo que esa sea la solución, pero lo hablaremos más detenidamente en otro momento, cariño.

23

Erla agarró con desesperación el tirador de la puerta. Por suerte, y como de costumbre, el cierre no estaba echado: nada que temer en su tranquilo y remoto punto del mapa...

Abrió la puerta y se lanzó al interior.

Estaba en casa.

Y ya solo necesitaba trancar la puerta. Eso se hacía soltando el botón de bloqueo antes de cerrar. Debía apresurarse, lo que significaba darse la vuelta y enfrentarse al terror invisible detrás de ella.

Mirar al miedo a los ojos.

Echó un vistazo por encima del hombro: Leó no estaba por ningún lado, no a primera vista, al menos.

Consiguió accionar el cierre e iba a dar un portazo cuando de repente lo vio.

Desde luego, se estaba acercando, pero aun así

se encontraba más lejos de lo que ella había supuesto. Estaba a salvo de momento, así que permaneció un instante oteando a través de la nevada, en dirección a Leó.

Sí, no había duda; venía andando, no corriendo.

Se aproximaba poco a poco, no parecía tener prisa.

Al darse cuenta de eso, sintió cómo los escalofríos la atrapaban entre sus garras. Con todas sus fuerzas dio un portazo para luego asegurarse de que la puerta estaba bloqueada. Después inspiró hondo; por fin, a salvo.

«¿Y él? ¿Por qué diablos no tiene ninguna prisa?»

¿Qué sabía él que ella no supiera? ¿Sabía, quizá, que Einar no acudiría a rescatarla?

Todavía jadeante, gritó el nombre de Einar y luego trató de recuperar el aliento, temblorosa por la reacción, intentando ralentizar los frenéticos latidos de su corazón y pensar racionalmente.

Las ventanas. Estaban todas cerradas, ¿no? Sí, seguro que sí, con ese tiempo. Y, en cualquier caso, eran demasiado pequeñas para que Leó pudiese colarse por una de ellas.

¿La puerta de atrás?

Entró corriendo en el salón y recorrió el pasillo tan rápido como pudo.

Estaba cerrada con llave.

Casi llorando de puro alivio, se apoyó contra una de las paredes del corredor y cerró los ojos.

Tenía mucho frío. Un frío de muerte. Temblaba de pies a cabeza.

Volvió a gritar el nombre de su marido, sin respuesta.

Hizo balance de la situación: no tenía teléfono ni electricidad, y con cada segundo que pasaba, Leó estaba más y más cerca.

¿Por qué no podía ese hombre marcharse sin más? ¿Y ella? ¿No podría despertarse y punto? Esa pesadilla ya debería haber acabado.

Costaba ver algo en el interior de la casa, ahora que la ventisca había borrado la última luz del día, y Erla sabía por experiencia que podían pasar días hasta que se restableciera la electricidad. ¿Iba a quedarse esperando allí a que volviese la corriente? ¿Aguardando a que Leó se marchara? ¿Y dónde estaba Einar?

—¡Einar! —gritó de nuevo, aún más alto que antes, y ahora sabía que sus palabras resonaban por toda la casa, rompiendo el terrible silencio, volando a través de la oscuridad.

Se quedó aguzando el oído, esperando una respuesta.

—¡Einar! —volvió a gritar.

Con la espalda apoyada en la pared, se deslizó hasta sentarse en el suelo al fondo del pasillo. Allí la oscuridad era absoluta, no había ninguna ventana cerca. Se quedaría sentada en ese rincón, a salvo. Nadie podría sorprenderla por detrás. Estaba que se moría de cansancio.

No se oía absolutamente nada.

Otra vez se le fue el pensamiento a Anna. Ahí estaba su antigua habitación, con la puerta cerrada, como de costumbre. Ese dormitorio no se lo dejaban nunca a los turistas, no como el cuarto de la buhardilla. La habitación de Anna siempre había permanecido intacta; ahí había tenido su refugio hasta que se marchó de casa para estudiar. Luego regresó al campo, pero no a su antigua habitación, sino a la granja más próxima. Pese a que había un buen trecho entre las dos casas, Erla se había alegrado tanto de tener a su hija de vuelta...

Seguramente seguía nevando fuera. No había ninguna ventana cerca y Erla no tenía la menor intención de moverse, todavía no. No hasta que estuviese del todo convencida de que se hallaba a salvo. Oía el viento e intuía que la tormenta de nieve continuaba. Einar siempre se había sentido bien con un tiempo como aquel; a veces comentaba lo agradable que le resultaba el silbido del viento, lo afortunados que eran de poder observar la naturaleza en su estado más feroz desde el refugio de su hogar. Llevaba el aislamiento en la sangre: era un hijo de la naturaleza. Esa constituía, sin duda, la principal diferencia entre ambos.

¿Y dónde diablos se había metido? ¿Debería llamarlo una vez más? Quizá no la oía porque había ido a ver si estaba escondida en el granero.

Sin embargo, casi no se atrevía a romper el silencio. Con cada minuto que pasaba, aumentaban las posibilidades de que Leó se hubiera rendido, de que se hubiese ido a otra parte, de que hubiera decidido dejarla en paz.

Maldito apagón. ¿Cómo habían tenido tan mala suerte? Pero ¿qué podían esperar? Sucedía demasiadas veces en invierno, y casi siempre durante tormentas como aquella. Por supuesto, no deberían tragar con eso, pero ellos apenas contaban, y nunca era una prioridad arreglar el tendido eléctrico a fin de restablecer el suministro para solo uno o dos hogares. Sí, Anna debía de estar sin luz también; de eso cabía poca duda. Odiaba pensar que su hija estaría sentada sola en la oscuridad.

Y luego estaba lo del teléfono. Resultaba muy raro, la verdad. La línea casi siempre funcionaba, incluso en las peores tormentas. ¿Era posible que Leó tuviese algo que ver?

Notaba que los escalofríos iban desapareciendo poco a poco. Ya iba entrando en calor, pero el miedo no daba muestras de querer largarse.

Seguía sentada en silencio, con los oídos aguzados, procurando excluir los ruidos del viento y escuchar si Leó había llegado, si intentaba entrar.

¿Y lo vería de inmediato en la oscuridad? Tampoco estaba segura de eso...

Lo mejor era quedarse ahí en el rincón. Dejar que todo pasase.

Cerró los ojos. Quizá no era lo más sensato en su situación, pero necesitaba tratar de trasladarse a algún otro lugar, dentro de su cabeza. Una y otra vez su pensamiento volaba con Anna y Einar; los imaginaba a los tres juntos, celebrando la Nochebuena. Ellos solos y nadie más. Imaginó que, por fin, abrían los regalos.

Aguardó y aguardó, esperando que ese deseo se cumpliera, pero nada sucedió.

—¡Einar! —gritó una vez más, y esperó a que hubiese respuesta.

No se oyó nada salvo el estrépito de la tormenta.

—¡Einar! ¿Dónde estás?

Se puso de pie. Había llegado el momento de ir a buscarlo, y empezaría por dentro de casa. No pensaba salir, aún no. Quería dejar que la tempestad pasara, dejar que Leó se marchara. Sin embargo, su imaginación construyó unas circunstancias terribles; tal vez Einar se encontraba tirado en la nieve, herido. Y ella no había tenido el valor de buscarlo. Tal vez... En cualquier caso, con ese tiempo y Leó apostado ahí fuera, era una locura salir de casa. Se quedó rígida en el rincón, paralizada por el miedo y la indecisión, hasta que al fin dio el primer paso, un paso de tortuga.

Fue entonces cuando oyó que llamaban a la puerta.

Le dio la impresión de que el sonido retumbaba por toda la casa, imponiéndose a las ráfagas del viento, como si este, de repente, hubiese amainado considerablemente; tal fue el impacto que tuvo sobre ella.

La pesadilla se hacía realidad.

¿O acaso no lo había oído bien? Era difícil distinguir entre lo imaginado y lo real.

Siguió andando con cuidado. Pese a que sus ojos estaban empezando a acostumbrarse a la oscuridad, se apoyaba en la pared al avanzar por el pasillo. Tenía que acercarse más a la puerta principal para oír mejor.

Dio un respingo al escuchar que volvían a llamar a la puerta. Los golpes eran pesados. Para Erla, el mensaje quedaba claro: «No estás a salvo en ningún sitio».

Permaneció quieta durante un rato, y fue como si el tiempo también se hubiera parado.

Así sería, pues, la Nochebuena aquel año. Sin carne de cordero ahumada en la mesa, sin misa en la radio, sin regalos por abrir. Y sin ningún libro de Navidad. Llevaba días pensando en abrir el paquete con el libro, el regalo que le hacía más ilusión, y leerlo a la luz de una vela hasta altas horas de la madrugada. Esa idea le calentó el ánimo y, durante un instante, casi logró olvidarse de lo increíblemente lejos que se encontraba de todo aquello, aun cuando estaba en su propia casa. Siempre se había sentido segura en casa, hasta ese momento.

Ya no daba nada por supuesto, y, en el fondo, sabía que después de esa Nochebuena todo sería diferente. La única pregunta ahora era cómo acabaría la noche, la madrugada.

De nuevo llamaron a la puerta, y ella se acercó más a la fuente de ese sonido, como en trance, consciente del peligro pero incapaz de detenerse.

Echó un vistazo al vestíbulo, asomándose por una esquina, y al ver la sombra de un rostro contra el cristal coloreado de la ventana situada junto a la puerta principal, el corazón le dio tal vuelco que se olvidó de respirar.

Retrocedió tan deprisa que casi cayó de espaldas.

Era él, el muy cabrón, era él.

Claro que era él, eso ya lo sabía. ¿Quién iba a ser si no? Y, aun así, en el fondo había tenido la esperanza, en contra de su intuición, de que fuese Einar. De que Leó hubiera desaparecido.

Pero no cabía duda, aun cuando los cristales eran coloreados y costaba distinguir el rostro con claridad; estaba convencida: era Leó.

—Sé que estás ahí dentro, Erla, lo sé. —Por fin decía algo, o quizá simplemente no había oído nada antes—. La puerta estaba abierta hace un rato y ahora tiene echada la llave, así que sé que estás ahí —gritó él—. Déjame entrar, tenemos que hablar. Hay... Ha pasado... —Las palabras se desvanecieron, y al poco añadió—: Yo necesito saber...

«No, soy yo quien necesita saber —pensó ella—. Necesito saber dónde está Einar.»

Al igual que antes, Erla dudaba si contestar; no quería darse a conocer, no quería confirmar que se encontraba ahí dentro. ¿Acaso no resultaba probable que rompiera una ventana para entrar?

Leó golpeó de nuevo, con más fuerza aún que antes; primero en la puerta y luego en las vidrieras.

Haciendo acopio de valor, Erla volvió a dar un paso hacia el vestíbulo. Notó que el corazón le iba a mil por hora, que se adentraba en un terreno desconocido: iba a contestarle, sí, era consciente de ello, pero sentía como si hubiera abandonado su propio cuerpo, como si alguna otra persona hubiese tomado esa decisión por ella.

—¿Qué quieres de mí? —exclamó—. ¿Qué diablos quieres de mí? Esta es mi casa. No tengo por qué dejarte entrar.

—¿Vas a permitir que me muera de frío aquí fuera?

—Eso... Eso no es asunto mío —contestó, sintiendo que su coraje disminuía.

Él golpeó la puerta con tanto ímpetu que Erla se pegó un susto de muerte.

—Tienes que abrir, Erla.

—Eso no lo decides tú.

Silencio.

—¿Dónde está Einar?

Ninguna respuesta.

—Abriré si me dices dónde está Einar —probó al final, aunque no pensaba cumplirlo.

De hecho, por lo que a ella respectaba, ese hijo de puta podía morirse congelado. No tenía intención de dejar que se acercase a ella.

La respuesta tardó tanto tiempo en llegar que empezó a preguntarse si Leó se habría marchado. La asaltó la loca esperanza de que se hubiera ido, daba igual dónde. Que se hubiera ido y que no volviera jamás. O que todo hubiera sido el fruto de su imaginación desde el principio...

Se sentía tan mal ahí, en la oscuridad. Por lo general, los apagones no le afectaban tanto, pero ahora no podía soportarlo, esa vez no. Tenía que encontrar una vela, sí... Había velas sobre la mesa del salón. Se dio la vuelta y entonces lo oyó de nuevo.

—Te diré dónde está si me abres.

Le entraron escalofríos.

Trató de leer entre líneas. Entonces, ¿él sabía dónde estaba Einar? ¿O estaba mintiendo? ¿Le había hecho algo? ¿Lo había encerrado, quizá? ¿O seguía Einar ahí fuera, buscándola, con ese frío y la nieve?

Los hechos y sus cavilaciones se le arremolinaban en la cabeza, mareándola. Ya no estaba segura de cuál era la verdad. Estaba desorientada en la oscuridad, temerosa del hombre que se encontraba de pie en el exterior, al otro lado de la puerta, temerosa de ese silencio que había sobrevenido justo ahora: la calma antes de la tormenta...

Erla caminó a tientas hacia el salón, fingiendo ante sí misma que Leó no estaba cerca. Debía tomar las riendas de la situación, a sabiendas de que él no iba a marcharse a ninguna parte, de que al final irrumpiría en casa a la fuerza; lo presentía y sabía que a él el resto le resultaría fácil. Nadie vendría a salvarla. Tenía que salvarse ella misma.

Localizó una vela en la mesa del salón. Cerillas. ¿Dónde estaban las cerillas? Normalmente Einar las llevaba en el bolsillo, una vieja costumbre de su época de fumador. Pero él no estaba allí ahora.

Debía pensar rápido. A Leó no se le oía, por el momento, y, otra vez, ese hecho le dio miedo. Seguro que todas las puertas estaban cerradas a cal y canto. Él no podría entrar sin hacer ruido.

Un segundo, ¿no había visto una cajetilla de cerillas en la cocina? ¿Encima de la nevera?... Entró en la cocina, alargó la mano al estante y palpó. Por un momento temió estar equivocada... Pero ahí estaba la cajita. Se apresuró a buscar un fósforo y trató de prenderlo, aunque eso no le salió tan bien: le temblaban las manos, seguía congelada y, sobre todo, estaba muerta de miedo.

Volvió a intentarlo; ahora la cerilla prendió una llamita que ella acercó con cuidado a la mecha de la vela. Por fin, luz.

Así había sido a menudo antaño, cuando Anna era pequeña: la electricidad, caprichosa y poco fiable. Y las veladas en familia, a la luz de una vela, habían sido acogedoras, a pesar de todo. La mayor parte de las veces, los tres se sentaban a jugar a las cartas, por ejemplo al tresillo, pero de cuando en cuando también sucedía que Einar no estaba de humor, por lo que madre e hija jugaban a la lucecilla del cirio. Así había sido la infancia de Anna: una lucha contra las fuerzas de la naturaleza. Luego se había ido fuera a estudiar, con lo que Erla se había aferrado a la esperanza de que su pequeña sí rompiese las ataduras con su pasado. Esas fatigas debían acabarse con Einar y ella misma. Estaba empeñada en que la hija de ambos se estableciera en otro lugar, donde la vida quizá fuera algo más sencilla. Pero después Anna les había anunciado, así sin más, que iba a regresar al campo, todavía soltera, todavía, de largo, demasiado joven, y que se haría cargo de la finca vecina, también propiedad de la familia. Nadie esperaba que alguien volviera a mudarse allí, pero Anna quería salvar la casa y la finca del abandono. Decía que aquella casa había sido su refugio favorito en la infancia y que allí era donde quería vivir. Que más adelante ya se ocuparía de encontrar pareja y formar una familia. «Eso llegará cuando llegue», había dicho.

Erla tenía un recuerdo muy nítido de aquella conversación. Por primera vez en la vida se había enfadado muy en serio con su hija; le había reprochado que quisiera regresar a casa, y se había enfurecido consigo misma por no haberle dicho nunca nada a Einar, por no haber sugerido jamás que se mudaran de ahí en serio. Las respuestas de Anna la habían pillado por sorpresa. Se dio cuenta de que su hija de veras deseaba vivir allí, que amaba esas tierras, la naturaleza, el ganado, el tiempo, todo. Exactamente igual que Einar. De tal palo... Y ella misma era tan distinta a su propia hija. A partir de entonces, nunca más le dijo a Anna una palabra sobre el asunto.

Erla seguía sin moverse, de pie en la cocina, perdida en sus pensamientos con la mirada fija en la llama de la vela. Leó volvió a aporrear la puerta. Estaba claro que no iba a rendirse. Pero tampoco parecía que fuese a recurrir a la violencia, aún no... Y ella no tenía ninguna intención de dejarle entrar. Ni por asomo.

Al menos ahora vislumbraba mal que bien los interiores de la casa. Sostuvo la vela a cierta distancia y miró a su alrededor, en la cocina, para luego dirigirse al salón. Allí no había nadie. Por supuesto que no; se habría dado cuenta si así fuera. Y a simple vista todo seguía en su sitio, como antes, como debía estar... Aunque no, eso no era cierto. Como debían estar era sentados a la mesa, los tres de la familia, cenando carne de cordero ahumada. Así debía ser.

¿Dónde demonios estaba Einar? ¿Arriba, tal vez? ¿Quizá tirado en el suelo, herido tras enfrentarse con Leó? Le entró un repentino frío con ese pensamiento.

Oyó que seguían los golpes, pero justo en ese instante le dio igual; ahora solo le importaba subir a la buhardilla y averiguar si Einar estaba allí. Pero los pasos le resultaban pesados; notaba cómo su miedo crecía por momentos.

Subió los peldaños de uno en uno, muy despacio, mientras que los ruidos que armaba Leó eran como ecos de otro mundo.

Ahora era más consciente de los latidos de su corazón retumbando en sus oídos que de cualquier ruido externo.

En cuanto llegó al descansillo, vio que la puerta del cuarto de invitados estaba abierta. Presintió que algo terrible había pasado y le entraron ganas de salir corriendo, de vuelta abajo y luego fuera de la casa, lo que fuese para no afrontar la verdad.

Se detuvo un instante, oyendo cómo Leó continuaba con los golpes; el tiempo no obraba a su favor. Si ese hombre le había hecho algo a Einar, necesitaba saberlo. Le hacía falta cierto margen para reaccionar, para escaparse.

Dio los últimos pasos hacia la puerta con la mirada fija en el suelo, sin atreverse a echar un vistazo dentro, no de inmediato. Alzó la vela para que iluminara mejor la habitación, cerró los ojos, notó brotar el sudor, volvió a abrirlos y levantó la vista.

El shock fue tan horrible que por un momento no pudo moverse ni pensar. Entonces, desde lo más profundo de su subconsciente, un pensamiento salió a la superficie: libertad.

Por fin era libre.

Por fin podría salir de ahí, librarse de ese aislamiento opresor, mudarse a una comunidad más grande, hacer amigos y conocidos, ver a la familia más a menudo; ya no tenía que ser prisionera en su propio domicilio varios meses al año...

Pero luego irrumpieron las náuseas y la vergüenza: se avergonzó de esa primera reacción instintiva.

Ahí yacía su marido, el amor de su vida, inmóvil en el suelo, en un charco de sangre.

24

Erla trató de gritar, pero fue incapaz de articular sonido alguno. Notó que estaba a punto de vomitar. Se puso en cuclillas e inspiró hondo, con los ojos cerrados, en un intento por aclararse y recuperar el equilibrio. Luego pensó que a lo mejor la vista la había engañado, que tal vez no había nadie ahí, ningún cadáver, nada de sangre, así que volvió a levantar la mirada y de nuevo sufrió arcadas ante el espantoso escenario.

Acto seguido, el miedo entró en escena y Erla tomó conciencia de que estaba sola, completamente sola, y de que Leó había asesinado a Einar, aunque eso saltaba a la vista.

El hombre que se hallaba fuera de su casa, exigiendo entrar, era un asesino a sangre fría.

Tuvo la certeza de que su vida corría peligro. Se le ocurrió fugarse a través del tragaluz, pero sabía que eso no era realista. El ventanuco era pequeño y el tejado empinado, y, además, las condiciones del exterior no eran para nada propicias. Debía pensar rápido, debía tratar de sobrevivir. Al sentir una salpicadura húmeda en la mano, se dio cuenta de que estaba llorando.

No había tiempo para llorar la muerte de Einar, no de inmediato. Eso iba a tener que esperar. Primero debía salvarse a sí misma. Sin embargo, el flujo de lágrimas no se detenía.

Se acercó al cuerpo inmóvil de su marido y se inclinó para ponerle una mano en el cuello y asegurarse de que ya no respiraba. No había duda: estaba muerto.

La sangre decía todo lo que había que decir y, aun así, le había parecido importante hacerlo para estar absolutamente segura. Aunque, por supuesto, tampoco era algo esencial, pues, incluso en el caso de que hubiese presentado signos vitales, la ayuda quedaba a mucha distancia, a demasiada distancia, y no había forma de ponerse en contacto con nadie.

Erla se apresuró a salir del cuarto y bajar la escalera, sujetando con mano firme la vela: no quería quedarse a oscuras de nuevo. Solo era cuestión de tiempo que Leó consiguiese forzar la entrada. ¿Por qué no lo había hecho ya? ¿Quería intentar ganarse su confianza, evitar el enfrentamiento? Y eso que había asesinado a un hombre; no había motivo para suponer que iba a apiadarse de ella.

No obstante, era como si el miedo alimentara sus fuerzas, porque de repente se encaminó a paso decidido hacia la puerta principal. En ese momento reinaba el silencio, pero quería averiguar si el intruso seguía en el mismo sitio.

—¿Qué quieres de mí? —exclamó con la voz incisiva y resuelta.

No hubo respuesta inmediata, y eso la incomodó bastante. Al final, sin embargo, Leó contestó:

—¿Me dejas entrar, por favor? Aquí fuera hace frío, está nevando y necesito hablar contigo.

—¿De qué?

—Lo sabes perfectamente, Erla. Lo sabes perfectamente.

Su corazón se aceleró, y durante un instante fue como si las paredes comenzaran a cerrarse sobre ella. Imaginó que la nieve había desaparecido y el otoño había llegado, con el frío arrimándose a ella con sigilo: un escalofrío le recorrió el cuerpo.

—¿Qué quieres de mí? —repitió.

Y, antes de que él contestara, se alejó a toda prisa del vestíbulo sin armar un jaleo innecesario; el objetivo era que Leó creyese que ella no se había movido. Dejó la vela en la mesa del salón, la apagó y corrió por el pasillo hasta la cocina, en busca del juego de llaves de repuesto que guardaban allí. A continuación, volvió al salón a toda velocidad; pasó de largo la escalera y los dormitorios hasta llegar a la puerta trasera, donde antes había estado sentada en la oscuridad, deseando despertar de esa pesadilla.

Ahora sabía que eso no iba a suceder. Y también sabía que a Leó le sería fácil entrar a la fuerza: solo debía romper los cristales de las ventanas.

No tenía sentido huir a pie hasta casa de Anna, no con el tiempo que hacía, y él podía alcanzarla a la carrera; por otra parte, el viejo jeep, tan bueno como era, no tenía ninguna posibilidad contra el inmenso manto de nieve, además de la tormenta y la ventisca.

Abrió la puerta trasera con suma precaución, temiendo encontrarse cara a cara con Leó, que tal vez habría sumado dos más dos, y así ella hubiese ido a caer directamente en sus garras.

Sintió un alivio inmenso al ver que no era así.

No la recibió nadie más que el viento, que azotaba cortinas de fría nieve contra ella y hacia el interior de la casa. Era un ventarrón tremendo, eso había que admitirlo, y, a decir verdad, no le extrañaba que se hubiesen quedado sin electricidad; con un tiempo así, algo tenía que ceder.

Erla cerró la puerta tras de sí sin hacer ruido, con cuidado de que quedase bien trancada.

Ahora ya no había vuelta atrás.

Se asomó por la esquina. Pese a la poca o nula visibilidad, le pareció que Leó no estaba cerca. Seguramente seguiría junto a la puerta principal, golpeando y aporreando, hablando consigo mismo, convencido de que Erla estaba al otro lado.

Echó a correr en dirección a la escalera que bajaba al sótano, donde podría esperar a que todo aquello acabase. Ahí no había ventanas, y la puerta era hermética y sólida. Además, ahí dentro guardaban muchos utensilios y herramientas que podría usar en su defensa, llegado el caso, y —lo que era lo más importante— había toda clase de latas de conserva y otros alimentos que se mantenían mejor en el frío del sótano.

Descendió los peldaños con cautela, pero sin vacilación, hasta la puerta. Debía llevar cuidado de no resbalar y hacerse daño por el camino.

Aunque le tomó demasiado tiempo encontrar la llave correcta, al final lo consiguió. Echó un rápido vistazo por encima del hombro antes de girar la llave en la cerradura, pero seguía sin haber nadie a su espalda, afortunadamente.

Como de costumbre, necesitó un pequeño esfuerzo para abrir la puerta. Cuando al otro lado no vio más que oscuridad, cayó en la cuenta de que había olvidado traer una vela y cerillas.

Maldita sea.

Intentó evaluar rápido las alternativas que tenía; no podía perder tiempo.

Una de dos, o corría el riesgo de regresar a la casa o se encerraba ahí a esperar en la oscuridad. Ninguna de las dos opciones era buena.

Desesperada, intentó pensar con claridad. No podía confiar en que Leó estuviera quieto mucho más tiempo ante la puerta principal. En cualquier momento empezaría a buscar otra forma de entrar en la casa. No, no valía la pena arriesgarse.

Inspiró hondo, se metió en el sótano y cerró la puerta tras de sí.

25

Su nueva situación no se parecía a nada que Erla hubiera experimentado antes. Se quedó allí, agarrada al picaporte como si fuera un salvavidas, sin atreverse a moverse, completamente ciega en la oscuridad absoluta del sótano.

Por supuesto, sabía de antemano que estaría oscuro, pero una cosa es saber algo y otra muy distinta, vivirlo en carne propia, y aquella era una sensación para la que no estaba preparada. Temía desorientarse en cuanto soltase la manija y decidió que, mientras sujetase el pomo de la puerta, al menos sabría dónde estaba la salida.

Ahí abajo hacía un frío glacial. No aguantaría mucho tiempo, daba igual la cantidad de comida enlatada que hubiese.

De niña le había tenido miedo a la oscuridad, aunque creía haberlo superado con la edad. Ahora, sin embargo, ese temor había vuelto a nacer dentro de ella.

Se trataba de un miedo atroz a lo que se ocultara en las tinieblas y, durante un instante, se le pasó por la cabeza la posibilidad de que Leó estuviese ahí abajo. Que él también se hubiese hecho con un juego de llaves y que se hubiese apostado en el sótano a esperarla. Se le cortó la respiración.

Al minuto siguiente recobró la sensatez; era imposible que él estuviera ahí abajo. No, eso quedaba descartado. Habría tenido que moverse increíblemente rápido para llegar ahí antes de que lo hiciese ella, y además Erla no había visto huellas en la nieve, ¿verdad? Se habría fijado, ¿no?

Se obligó a respirar hondo, a ahuyentar esas elucubraciones. Se encontraba sola ahí abajo. Por supuesto que sí.

Notó lo seco y viciado que estaba el aire. El sótano era un espacio cerrado, sin ventanas. ¿Meterse ahí había sido una idea descabellada por su parte?

Sí, el miedo a la oscuridad la había dejado en paz en su madurez; en cambio, la claustrofobia había seguido ahí, como un fantasma que se mostraba en los momentos más inoportunos. Erla siempre había tratado de no pensar en lo aislada que estaba su casa, lo desterrados que se encontraban, pero ahora esa sensación angustiosa la asaltó, oprimiéndole el cuello.

Tenía los dedos entumecidos y acalambrados

de tanto aferrarse al picaporte para intentar dominar el miedo. Mientras no lo soltase, podía salir fuera sin problemas. Y lo más importante: no quería desorientarse en la oscuridad.

Aunque, mientras Leó estuviese ahí fuera empeñado en hablar con ella, esos eran miedos absurdos, le pareció. Él era la verdadera amenaza. ¿Y qué iba a hacer si llamaba a la puerta? ¿Si trataba de forzar la entrada? Y ella misma, ¿cuánto tiempo iba a esperar ahí? ¿Hasta que él se fuera? Aunque, de todos modos, ¿adónde iba a ir? Él también era prisionero de la nieve, tanto como ella.

Cuanto más pensaba en su situación, más clara veía la respuesta: probablemente no había forma de evitar un ajuste de cuentas con Leó.

Pero iba a intentarlo con todas sus fuerzas.

de tanto aferrarse al picaporte para intentar dominar el miedo. Mientras no lo soltase, podía salir fuera sin problemas. Y lo más importante: no quería desorientarse en la oscuridad.

Aunque, mientras Leo estuviese ahí fuera empeñado en hablar con ella, esos miedos, absurdos, le parecían. Él era la verdadera amenaza. ¿Y qué iba a hacer si llamaba a la puerta? ¿Si trataba de forzar la entrada? Y ella allí..., ¿cuánto tiempo iba a esperar ahí? ¿Hasta que él se fuera? Aunque, de todos modos, ¿adónde iba a ir? Él también era prisionero de la nieve, tanto como ella.

Cuanto más pensaba en su situación, más clara era la respuesta: probablemente no había forma de evitar un ajuste de cuentas con Leo.

Pero iba a intentarlo con todas sus fuerzas.

26

Erla estaba hecha un ovillo, con la espalda pegada a la puerta, abrazándose las rodillas en un vano intento de mantener el calor mientras miraba fijamente las tinieblas. Estaba perdiendo la noción del rato que llevaba ahí abajo; era como si el propio tiempo se hubiera perdido en la oscuridad.

Ya no oía la tormenta, por lo que bien podría haber llegado el verano. De lo único que estaba segura era de que, por el momento, estaba a salvo, de que se encontraba sola ahí; que Leó no andaba cerca ni conocía su paradero. A no ser, claro, que viera sus huellas desde la puerta trasera hasta las escaleras del sótano, pero era de esperar que la ventisca las hubiera borrado.

Al tomar la decisión de bajar al sótano había tenido presentes las conservas que guardaban ahí. Ahora, sin embargo, había caído en la cuenta de que no había llevado consigo un abrelatas, de modo que podía olvidarse de una solución a largo plazo. Dentro de poco tendría que salir y afrontar la situación; no solo la amenaza directa que representaba Leó, sino también el hecho de que su marido estaba muerto. De que yacía en la buhardilla, en un charco de su propia sangre.

Esa idea era inquietante, escalofriante. Y, ante todo, irreal. ¿Cómo era posible?

¿Había matado Leó a Einar?

¿De verdad había visto su cadáver?

Recordaba como si fuese ayer la primera vez que se vieron. Ni siquiera había cumplido los veinte años, era una auténtica cría. Pero en aquel momento y en aquel lugar, ahora remotos, se decidió su futuro. Einar había sido un joven muy atractivo y, ciertamente, seguía siéndolo, solo que de otra manera. Un encantador chico de campo, de aspecto inocente y carácter tranquilo, recién llegado a la ciudad. Fue amor a primera vista: se conocieron en un baile en el famoso hotel Borg de Reikiavik y bailaron juntos toda la noche. Él le habló sobre la vida en el campo, dibujando una imagen idílica de la naturaleza; además, en aquel entonces vibraban en ella unas fibras románticas que irían desapareciendo con el tiempo. También recordaba vivamente que él, incluso en su tierna veintena, ya hablaba de la importancia de no dejar que las granjas remotas quedaran abandonadas, de su compromiso para con el país. Lo había escuchado, hechizada, y enseguida se había puesto a pensar en cómo sería vivir allí.

En aquel entonces, a Erla le había parecido muy buena idea mudarse a vivir al campo. Tal vez fuese su espíritu rebelde lo que la empujó a hacer algo que iba a dejar a sus padres pasmados.

Y protestaron, desde luego. Ni que decir tiene que Einar les cayó bien; no podía ser de otro modo: un chico simpático, de buena presencia y aparentemente culto. Eso era algo que sus padres valoraban. Aun así, ambos se empeñaron en insistir, preguntándole una y otra vez a Einar si no le gustaría ver cómo era vivir en la ciudad para variar; cambiar de aires. Erla, en cambio, había sabido desde el primer momento que no habría quien le hiciera ceder ni un milímetro y, de hecho, ella nunca lo intentó. Quería mudarse a vivir al campo. Ahora, sin embargo, ese recuerdo casi le resultaba gracioso.

Erla amaba ese lugar tanto como lo odiaba. Necesitaba escapar de ahí, pero no podía dejar atrás a Einar y Anna. Los tres estaban unidos por fuertes lazos, y también percibía cómo ese sitio apartado la retenía; sin querer, había echado raíces en aquella tierra. Algunas cosas no se pueden cambiar, y a lo mejor nunca lograría salir de allí. En realidad, hacía tiempo que de alguna manera se había resignado a ello, aunque al mismo tiempo el aislamiento la hacía sentirse mal.

Ese era su hogar: de Einar, Anna y suyo. El hogar de su familia. Eso era innegable, no podía ignorarlo.

Erla había cerrado los ojos. De ese modo, podía apartar la oscuridad y dejar que las escenas se reprodujeran vívidamente en su interior.

Sus pensamientos iban a la deriva. La niebla había descendido de nuevo en su interior, haciendo muy difícil distinguir lo real de lo imaginario. Dios, odiaba el invierno. ¿Por qué había tenido que estallar una ventisca justo el día de Nochebuena? Anna debía de estar bloqueada en casa, sola. A menos que Leó le hubiera hecho daño de algún modo... El pensamiento resultaba tan insoportable que Erla hizo todo lo posible por alejarlo. Necesitaba creer que Anna estaba sana y salva en su propia casa. Ojalá pudiera prepararse algo bueno para cenar. Una tempestad así a veces duraba días y días.

Erla solo tenía que resistir y aguardar a que Anna lograra llegar donde ellos. La carne ahumada podía esperar; eso daba igual.

Había comprado el regalo de Navidad para Anna, ¿verdad? Y lo había envuelto, ¿no? El paquete para Einar estaba arriba; de eso estaba segura. Un libro. Y luego otro libro para ella, de parte de Einar: ¡qué ilusión le hacía la idea de tenerlo entre las manos!

En realidad, en ese momento habría deseado tener cualquier libro, y un poquito de luz, claro. De ser así, todo estaría bien. Prácticamente no necesitaba más que eso: poder desaparecer un momento; escabullirse de la gélida realidad y refugiarse en la literatura.

Al día siguiente era Navidad. Entonces habría paz para leer. Por supuesto, empezaría a echarle una ojeada a su libro esa misma madrugada; siempre hacía lo mismo. Era su rutina de cada Nochebuena. Para Erla, esa noche siempre tenía algo fascinante: era el tiempo de los milagros, cuando cualquier cosa podía suceder, cuando había cierta magia en el aire; cuando incluso el aislamiento llegaba a parecerle un poco sugerente, un poco acogedor.

Estaba muerta de frío. No podía dejar de temblar, no paraban de castañetearle los dientes. Era una tontería quedarse sentada así. Debería estar dando vueltas para mantener el calor. Sin embargo, seguía en su sitio. Los ojos cerrados; el silencio pesado e incómodo. Necesitaba concentrarse en algo positivo, pensar en algo bonito. De nuevo, llevó sus reflexiones a los primeros años con Einar. Se había quedado prendada al ver ese lugar por primera vez y había pensado: «Aquí es donde quiero vivir toda mi vida».

Los padres de Einar la recibieron con los brazos abiertos. Se sentía muy a gusto con ellos y enseguida se integró en la familia: participaba en todas las tareas que había que llevar a cabo, aprendió sobre los quehaceres de una granja, disfrutaba de la cercanía con la naturaleza. Pero llegó el invierno, el primer invierno, y fue entonces cuando empezó a notar los primeros atisbos de esa desazón; intentó alejarlos aprendiendo a pensar en otras cosas, aprendiendo a buscar refugio en Einar. Él conocía esas tierras, entendía el clima y sabía cómo consolarla y convencerla de que todo iría bien. La había cuidado todos esos años, todas esas décadas. Por supuesto, nunca podría abandonarlo, nunca lo dejaría atrás.

Luego, un año más tarde, llegó Anna. En realidad, no entraba en sus planes tener hijos tan rápido. Fue una bonita sorpresa, y de inmediato la niña se convirtió en el centro de la existencia de los padres y los abuelos. Al principio, Erla se había imaginado que vivirían allí para siempre; más adelante, sin embargo, llegó a la determinación de sacar a Anna de esos parajes y ayudarla a abrirse camino en otro sitio, pero eso fracasó.

Erla notaba cómo le sobrevenía el cansancio, pero no podía quedarse dormida; no ahí, en la oscuridad y el frío. Abrió los ojos, aunque eso no cambió gran cosa: a la primera oscuridad la sustituía otra clase de oscuridad, que encima era peor, era más real. Se puso en pie con dificultad y decidió pasear por el sótano para reactivar la circulación sanguínea, para aclararse y mantenerse despierta. Arrancó con cautela, llevando cuidado de caminar pegada al muro, aunque sin atreverse a alejarse demasiado de la puerta.

Tenía la sensación de estar aguardando a Einar,

pero no sabía muy bien por qué. ¿Acaso le había pedido él que esperara ahí abajo? ¿En el sótano, en la oscuridad?

Ya no sabía con certeza dónde estaba la puerta, ya no sentía la pared; estaba completamente desorientada e ignoraba cuánto tiempo llevaba ahí. Le costaba respirar, perdida en la oscuridad, encerrada, presa... Se quedó quieta unos instantes, sin poder ver nada. Luego echó a andar, pero de repente se golpeó la cabeza contra algo. El dolor fue punzante, se agarró la cabeza y notó, o creyó notar, cómo la sangre manaba de la herida. Maldita sea. Por lo menos no estaba aturdida, solo sobresaltada.

Se sentó en el suelo y volvió a cerrar los ojos. Ahora todo le daba vueltas en la cabeza. ¿Qué diablos estaba haciendo ahí?

¿Dónde estaba Einar?

¿Por qué no había venido?

¿Dónde estaba Anna?

Erla intentaba evaluar la situación. ¿Debía salir fuera y buscar a su marido? Lo más seguro era que estuviera arriba, en el salón. ¿Sabía que ella estaba en el sótano? ¿Se había quedado encerrada? ¿Podía salir si quería? No estaba segura de nada.

Mejor permanecer sentada y quieta por el momento. Mantener los ojos cerrados, respirar lenta y profundamente e imaginar que se encontraba en algún otro lugar.

Pero de una cosa sí estaba segura: era Nochebuena.

Y entonces oyó música. O eso le pareció, al menos. Sí, era la misa, ¿no? El coro de la catedral de Reikiavik cantando durante la misa radiada de Navidad. Alto y claro, oía la melodía de *Noche de paz.*

Cuando abrió los ojos, la música se apagó. La oscuridad impuso su dominio con su estridente silencio. El mundo daba vueltas y ella no veía nada; sentía que iba perdiendo el control, perdiendo el equilibrio, asfixiándose en el ambiente cargado del sótano.

«¿Dónde diablos está Einar?», pensó. Tenía que estar al caer para abrirle la puerta y dejarla salir al aire fresco.

No había nada que temer.

Esperó un rato, temblando, agazapada en aquel extraño limbo sin luz.

No supo cuánto tiempo.

Al cabo, se levantó con cautela para no volver a golpearse la cabeza; respiraba de forma entrecortada, a bocanadas, y su mente se llenó de un único pensamiento: tenía que salir. Echó a correr en la oscuridad, desorientada, para luego aminorar la marcha y, aun así, chocó contra algo. Perdida en un laberinto cuadrado.

Tanteó, intentando encontrar la salida. Eso era un estante. Ahí había algunos utensilios. Sí, entonces la puerta estaba justo al otro lado. Necesitaba salir de allí, necesitaba respirar aire fresco.

Caminaba a tientas, con cautela, a lo largo del muro; sabía que de ese modo al final lograría salir.

Erla echaba de menos la música. No entendía cómo había oído el villancico tan clara y nítidamente; ya apenas entendía nada de nada, solo sabía que debía salir de allí. Era un villancico bonito, uno de sus favoritos de siempre. Se detuvo, cerró los ojos y otra vez escuchó el canto. Sonrió.

Y, aun así, no lo entendía del todo. La misa había acabado hacía mucho, ¿no? Ya era la madrugada de Nochebuena, ¿verdad?

Qué ganas tenía de que llegara mañana por la mañana: iba a tomárselo con calma, a poner los pies en alto y a leer los libros que aún aguardaban, sin ser desenvueltos, bajo el árbol. También estaba la carne ahumada; todavía les quedaba, y algo de cerveza de malta para beber y una caja entera de bombones.

Volvió a sonreír con ese pensamiento, se tranquilizó y continuó andando a lo largo del muro, a paso muy lento, consciente de que por fin se acercaba a la puerta.

Y entonces alguien gritó:

—¿Estás ahí dentro?

Escuchó las palabras alto y claro, seguidas de un traqueteo mientras alguien agarraba el tirador de la puerta. Alguien quería entrar, y en ese momento se acordó de que había cerrado con llave.

«Einar.» Por fin había venido a buscarla.

Siguió andando hasta encontrar la puerta.

Asió el tirador y giró la llave.

Abrió la puerta.

27

Era Navidad.

Normalmente, uno de los días favoritos de Hulda de todo el año. Después del estrés de tener la casa limpia y la cena de Nochebuena lista, el 25 era un día de relax, que le gustaba pasar tranquila, absorta en los libros que le habían regalado, sobre todo desde que Dimma era más mayor y podía entretenerse sola. Incluso Jón solía tomarse el día libre y se relajaba delante de la tele o leyendo el periódico.

El día de Navidad era sagrado; no salían de casa y evitaban quedar con nadie. Tampoco es que recibiesen muchas invitaciones. Jón era hijo único de unos padres ya fallecidos y no tenía apenas parientes. Estaban ellos tres solos en el mundo; se cuidaban entre sí, y Hulda siempre había sentido que era su papel ocuparse de Jón y de Dimma. Pero ahora nada estaba como debía estar, nada era como antes, y lo peor era que no sabía por qué. Sentía que la familia se estaba desintegrando. Claro que todo experimenta cambios, eso lo sabía, pero aquellos no eran unos cambios corrientes; el comportamiento extraño de Dimma carecía de una explicación lógica.

Hulda casi contaba los minutos que faltaban para que terminaran las fiestas y pudiera llamar a un psicólogo. Debía de haber algún servicio de emergencia, pero tras su conversación con Jón había decidido no buscarlo. No había más remedio que resistir, dejar que las Navidades pasaran.

Y el hecho de que Hulda estuviese de guardia el día de Navidad no mejoraba la situación. El Departamento de Investigaciones Criminales no solía tener incidencias importantes en esa fecha, pero aun así alguien debía estar disponible.

Sin embargo, no podía concentrarse en el trabajo. Sus pensamientos estaban totalmente centrados en Dimma. Llevaba casi veinticuatro horas sin verla. La chica no había salido de su habitación durante toda la velada de Nochebuena, a pesar de habérselo rogado con insistencia. Jón le había llevado comida a su cuarto tras intentar que se presentase a la cena, de modo que lo que a Hulda le preocupaba no era que pasase hambre; además, sabía que la chiquilla podría arreglárselas sola, que saldría a escondidas a buscarse algo para picar. Los adolescentes siempre tenían hambre.

Hulda no solía acercarse a casa durante la hora

del almuerzo, pero ese día iba a hacer una excepción. Había decidido tomarse una buena pausa a mediodía y confiar en que nada surgiera en la comisaría mientras tanto; además, seguiría localizable por teléfono.

No había dado un palo al agua en toda la mañana, la comisaría estaba casi desierta y medio fantasmagórica. Esa era la guardia más solitaria de todo el año, sin discusión. ¿O quizá no? Quizá ocupaba el segundo lugar tras la de Nochebuena.

No había olvidado que le debía una llamada al matrimonio de Gardabær, pero le daba apuro interrumpir su mañana de Navidad. Seguramente su recado tenía que ver con lo mismo que en las últimas semanas: averiguar si había novedades en la investigación. Por desgracia, no había nada nuevo, como siempre; a esas alturas, las probabilidades de que encontrasen a la chica eran pocas. A lo mejor se había esfumado a propósito, quizá deseaba alejarse de sus padres para siempre.

La investigación había desvelado que había decidido tomarse un año sabático de los estudios y aprovecharlo para viajar por Islandia, y que hasta su desaparición había tenido contactos irregulares con sus padres. Tal vez la familia tenía algunos esqueletos escondidos en el armario que ninguno de ellos quería afrontar. Por otra parte, viajar sola por el país implicaba ciertos peligros, claro está. No se podía descartar que la muchacha hubiese salido por su cuenta a hacer senderismo, incluso escalada en las Tierras Altas del interior. Islandia podía resultar cruel e inclemente en cualquier estación del año; eso lo sabía bien Hulda, acostumbrada como estaba a andar por montañas y macizos. Allí se sentía en su elemento.

Una vez más, buscó la documentación del caso; de todas formas, no tenía nada mejor que hacer que echarle un vistazo. Miró la fotografía de la chica: una muchacha bonita, con ese largo cabello pelirrojo. Su mirada le imponía a Hulda, quien, en ocasiones —contra su mejor juicio—, se preguntaba si podía descubrir alguna pista en los ojos y la cara enigmática de esa joven que se había tomado unas vacaciones de un año entero para encontrarse a sí misma, lejos de amigos y familiares, y que había desaparecido.

Entonces, de repente, fue la mirada de Dimma lo que estaba viendo. Solía ser una niña brillante e inocente, pero desde que había entrado en la adolescencia, sus ojos azules se habían teñido de tristeza.

A Hulda le resultaba imposible concentrarse, su cabeza volvía una y otra vez a casa, compadeciéndose de su hija y sin entender cómo Jón podía permanecer tan tranquilo ante la situación. Sabía que él quería intentar dormir hasta tarde, así que se prometió a sí misma no llamar demasiado temprano, pero ya eran las diez y media pasadas; no había razón para suponer que seguía acostado. No acostumbraba a permitirse semejantes lujos, adicto al trabajo como era. Así que descolgó el auricular y estaba a punto de marcar, pero se lo pensó mejor: en su lugar, haría ya la pausa del mediodía y se acercaría a verlos.

Hacía algo de frío, pero la nieve que había caído en San Torlaco había desaparecido, por lo que casi parecía otoño en vez de invierno. Y menos mal, porque en los días festivos y de gran afluencia de público había pocas máquinas quitanieves, y por muy fiable que fuera su Škoda, no iba segura con él cuando nevaba. Normalmente, Hulda odiaba las Navidades sin nieve, las encontraba oscuras y lúgubres sin el blanco telón de fondo que reflejaba la luz fugaz del día invernal, pero en ese momento no pensaba en nada más que en su hija. Aquel año la celebración navideña no tendría nada de alegre; solo irradiaba ansiedad. Las fiestas eran un estorbo, hubiera preferido refugiarse en el cálido abrazo de la vida cotidiana e intentar volver a encarrilar a Dimma.

Siempre conducía por la misma ruta, día tras día, desde el Departamento de Investigaciones Criminales, en Kópavogur, hasta su chalet de la urbanización de Álftanes, en la lengua de tierra homónima, pero ahora era como si otra persona llevara el coche: Hulda tenía la mente en otra parte.

Conforme se acercaba a su hogar, ese santuario de la familia, entendió que no debería haber ido a la comisaría. Tendría que haber llamado a su jefe y haber avisado de que estaba enferma. No se encontraba para nada en condiciones de trabajar. Al instante se sintió abrumada y notó cómo la angustia y la desazón la golpeaban con una fuerza tan descomunal que casi se asustó.

Aparcó delante del garaje y caminó rápido hacia su casa, obedeciendo al repentino e inexplicable impulso de apresurarse. Casi jadeaba en el ansia por entrar y ver a Jón y a su hija. No estaba dispuesta a seguir tragando: Dimma no tendría más remedio que salir de su habitación y hablar con sus padres; ese comportamiento estaba del todo fuera de lugar. Hulda iba a hacer el último intento de enderezar la vida familiar.

Llamó al timbre, en vano; golpeó la puerta, otra vez sin respuesta alguna. Buscó sus llaves en el bolsillo del abrigo. Tardó más de lo habitual en encontrarlas y, cuando por fin dio con ellas, se hizo un lío intentando meter la llave en la cerradura del portal. Cuando al fin lo logró, prácticamente se dio de bruces con Jón, que se encontraba de pie como un pasmarote en el recibidor.

—Perdona, me he quedado dormido, por eso he tardado tanto. Dormido como un tronco, ¿sabes? Me he despertado esta mañana cuando te has ido, y luego me he echado con un libro y me he quedado traspuesto. No sé qué me ha pasado; no suelo dormir tanto. —Sonrió—. Debo de estar agotado tras el invierno, entre el trabajo y los puñeteros líos con Dimma.

—Tienes que cuidarte, Jón; cuidar ese corazón.

¿Te acuerdas de lo que dijo el médico? Sigues tomando tus pastillas, ¿no?

—Claro. No voy a correr riesgos.

—Y..., y... —Hulda trató de armarse de valor para la pregunta que de alguna forma había evitado formular—: ¿Dimma se ha despertado? ¿Ha salido de su cuarto?

Jón negó con la cabeza.

—No, hasta donde yo sé. Sigue dormida.

—¿Has intentado despertarla?

Él titubeó.

—No, he preferido dejarla descansar. Es Navidad. Y no es que anoche la comunicación fuese sobre ruedas, que digamos. Necesita su tiempo, la pobre.

Hulda entró como un vendaval, sin pararse a quitarse los zapatos ni el abrigo.

—¡Hasta aquí hemos llegado, Jón!

—¿Qué quieres decir, Hulda?

—Quiero decir exactamente lo que he dicho. No se puede hacer la vista gorda a un comportamiento así día tras día, toda la Navidad, y aceptar sin más que es solo una fase pasajera que está atravesando, o que todos los adolescentes son iguales. Mira, ya sé que Dimma es nuestra única hija, la única adolescente con la que hemos tenido que lidiar, pero, maldita sea, ¡no esperes que crea que esto es normal! Esto no puede ser normal.

—Cálmate, cariño. Lo solucionaremos juntos.

Jón se interpuso en su camino para luego dirigirse con paso decidido hacia la habitación de Dimma. Llamó a la puerta, con educación al principio.

—Vamos a ver, cariño. Hablaré con ella. Me ocuparé de esto —dijo, y luego añadió, como si no hubiera caído en la cuenta antes—: ¿Por qué no estás en el trabajo?

—No puedo trabajar cuando está pasando esto, Jón. Y nos ocuparemos del tema juntos, tú y yo. No voy a permitir que cargues con toda la responsabilidad.

No hubo respuesta desde dentro de la habitación.

Jón volvió a llamar a la puerta, un poco más fuerte que la primera vez.

—¡Dimma! —gritó—. ¡Déjanos pasar! Tu madre ha vuelto del trabajo.

—Dimma, cariño —intervino Hulda—. Ábrenos. Necesito hablar contigo. Tenemos que hablar.

Seguían sin obtener respuesta.

En su imaginación, Hulda podía oír a Dimma diciendo: «Hace un montón de tiempo que tendríamos que haber hablado. ¿Por qué ahora, tan tarde, mamá? ¿Por qué no antes?».

Y la misma desazón que había sentido al aparcar el coche la asaltó de nuevo, solo que aún más fuerte, y ahora, por primera vez, sintió miedo de verdad.

Apartó a Jón de su camino.

—¡Abre, Dimma! ¡Abre! —Volvió a golpear

con fuerza la vieja y enclenque puerta que los separaba de su hija.

Casi esperaba que Jón intentara detenerla, diciéndole que se calmara y esperase a ver, pero él se quedó de brazos cruzados. A lo mejor por fin se iba dando cuenta de la gravedad del asunto.

—¡Abre! —repitió Hulda, golpeando aún más fuerte; tanto que ya empezaban a dolerle los nudillos.

Se le ocurrió que, tal vez, Dimma se había marchado de casa durante la noche para ir... ¿adónde? La puerta estaba cerrada desde dentro y no había forma de salir por la ventana de su habitación. No, estaba ahí, pero ¿por qué diablos no contestaba?

Antes de darse cuenta, Hulda había empezado a dar patadas a la puerta.

—Hulda, vamos a... —Jón la cogió cariñosamente por los hombros.

—Vamos a entrar como sea en la habitación de nuestra hija —contestó ella en tono firme, y volvió a darle otra patada a la puerta, con todas sus fuerzas.

—¡Dimma, haz el favor de abrir! —gritó Jón.

Luego apartó a Hulda y empujó la puerta con el hombro, cargando con todo su peso. Acto seguido, retrocedió unos pasos para lanzarse a la carrera contra la madera. No fue suficiente, aunque se diría que había faltado poco.

Repitió la acción y, la segunda vez, la puerta emitió un sonoro chasquido y se abrió de par en par.

Hulda al principio no alcanzó a ver el interior del cuarto, porque Jón estaba justo delante de ella, así que dio un paso hacia un lado y miró dentro.

La visión que se reveló ante sus ojos fue tan terrorífica, tan espantosa, que prácticamente se quedó sin fuerzas, y usó la poca energía que le restaba para gritar con toda su alma.

SEGUNDA PARTE

DOS MESES MÁS TARDE, FEBRERO DE 1988

1

Las jornadas que siguieron al día de Navidad, cuando Hulda y Jón descubrieron el cadáver de Dimma, estaban envueltas en bruma.

Hulda se acordaba de Jón forzando la puerta, pero poco después era como si una especie de estado de obnubilación se hubiera apoderado de ella. Aquello la superó por completo, a esa policía curtida que había tenido que afrontar tantas tragedias en su trabajo a lo largo de los años.

Desde entonces vagaba de un lado a otro, sumida en el estupor. Pero ni siquiera eso le había impedido ver finalmente las cosas bajo su verdadera luz.

Cuando rememoraba los acontecimientos que podrían haber conducido a la muerte de su hija, se daba cuenta de lo ciega que había estado. La tortura superaba todo lo que había conocido: su mente se autoflagelaba un minuto, y al siguiente estallaba con un odio violento hacia Jón. Cuando el entumecimiento comenzaba a ceder, no podía soportar estar en casa; tenía que salir, irse a trabajar, hacer algo que interrumpiera sus pensamientos y la sacara, aunque solo fuera un rato, de ese infierno.

Y ahora estaba allí, recién aterrizada en el pueblo de Egilsstadir, la comunidad más grande del este de Islandia, acompañada por dos técnicos de la Científica cuyo trabajo consistía en llevar a cabo el análisis de la escena del crimen.

Los recibió un tiempo invernal aún peor que el de Reikiavik. La nieve cubría el suelo en una capa espesa, y las nubes, de un tono plomizo, colgaban bajas sobre el paisaje abierto, casi rozando las cimas de los montes distantes. Las aguas lechosas del largo y estrecho lago se veían grises y desoladas bajo el cielo invernal, mientras que los oscuros bosques de pinos, a lo largo de sus orillas, conferían a la escena un aspecto extrañamente poco islandés.

Jens, un policía de mediana edad, entrado en carnes, de pelo ralo y desaliñado, fue quien los recogió en el aeropuerto, en un todoterreno policial de grandes dimensiones. Hulda hubiera preferido conducirlo ella misma; siempre se mareaba cuando no iba al volante, pero le dio apuro pedirle al hombre —que resultó ser el teniente de la policía de la zona— que se pasase al asiento del copiloto.

Incluso en el todoterreno, el viaje no resultó nada fácil. El paisaje era duro y sin árboles. Las carreteras estaban cubiertas de placas de hielo traicioneras y la nieve ganaba espesor cuanto más se alejaban de la ciudad, haciendo que la marcha fuera dolorosamente lenta. Estaban atravesando lo que parecía un interminable valle vacío en forma de U entre escarpadas colinas cuando el teniente rompió el silencio:

—Ya falta menos para llegar a la granja —dijo—. Esta ruta ha estado más o menos impracticable desde Navidades. El caso es que hacía tiempo que nadie sabía nada del matrimonio. No había forma de establecer contacto telefónico con Einar y Erla, así que decidí hacerles una visita para ver cómo los estaba tratando el invierno. Y..., bueno...

Hulda había visto las fotos, por lo que sobraban las palabras. Había pasado la mayor parte del trayecto preocupada por si estaba de verdad preparada para afrontar ese caso. Peor aún: presentía que sus compañeros también tenían dudas al respecto. Habían parado en un bar de carretera para tomar perritos calientes y Coca-Cola y se había dado cuenta de que sus dos compañeros hacían un aparte; había notado, por sus miraditas, que estaban hablando de ella. Era comprensible, faltaría más.

Lo peor era que percibía una compasión hacia

ella que, a veces, le parecía excesiva. Era como si sus compañeros de trabajo le hubieran encontrado un punto flaco, y eso la incomodaba. Odiaba la idea de bajar la guardia por miedo a que la consideraran una mujer emocional que no era lo bastante dura para el trabajo. Aunque en realidad nada de eso importaba; lo que había ocurrido en Navidad lo convertía todo en una minucia. Entonces otra voz en su cabeza le dijo que si no se levantaba pronto, el trauma acabaría con ella.

Y sabía que eso tendría que hacerlo completamente sola. Aunque Jón y ella seguían viviendo bajo el mismo techo, él bien podría estar muerto, al menos a sus ojos.

Había reinado un silencio agobiante en el coche. Hulda estaba convencida de que tenía algo que ver con ella; de que sus compañeros no sabían cómo comportarse en su presencia después de lo sucedido. A ella le resultaba incómodo y la ponía de los nervios. Por supuesto, dependía de Hulda decidir cuándo estaría lista para volver al tajo. Y la suerte estaba echada, se había incorporado —al margen de si había cometido un error o no al hacerse cargo de esa misión, pues eso era asunto suyo— y no aguantaba ese trato, a pesar de las buenas intenciones. No aguantaba ser una víctima.

A medio camino comenzó a nevar, y con bastante intensidad.

—No pasa nada —dijo el teniente de policía en un tono de voz bajo—. Aquí uno está acostumbrado a todo. Unos cuantos copos de nieve no nos molestan. Esto no es nada comparado con lo que tuvimos en Navidades.

No cosechó reacción alguna desde el asiento trasero, donde estaban sentados los compañeros de Hulda, así que fue ella quien contestó, a lo mejor un pelín demasiado cortante:

—Exacto.

El teniente, sin embargo, pareció tomarse esa respuesta como una invitación a continuar la charla, de manera que prosiguió:

—A mi parecer, se trata de una terrible tragedia familiar. No me gusta sacar conclusiones precipitadas, pero creo que no hay duda. Envié a dos buenos agentes al lugar después de encontrar los cuerpos, para asegurar el escenario hasta que llegarais vosotros. Y ahí están, pasando frío, los pobres muchachos. Haciendo tiempo dentro de la casa, espero. —Parecía incapaz de refrenarse, una vez lanzado—. De todos modos, no entiendo cómo aguantó allí el matrimonio. Él era de aquí, pero la suya era la última granja ocupada de la zona. Todos los demás se habían ido, cansados de ese malvivir desde hacía mucho.

—Exacto —repitió Hulda, con la esperanza de zanjar así la conversación.

—Es increíble cómo aguanta tanto tiempo la gente. Es por pura cabezonería, creo yo. La familia de Einar siempre ha sido así, tengo entendido. Nunca se rendían y luchaban contra las fuerzas de la naturaleza hasta la muerte. —Breve silencio, antes de añadir—: Lo siento, no lo he dicho en sentido literal.

Hulda decidió no meter más baza por el momento.

—Me pregunto si era cuestión de dinero, ¿sabéis? —continuó el teniente—. Quizá no podían permitirse largarse. Dudo que fuesen a sacar demasiado por sus terrenos: aquello tiene unas condiciones muy duras. A nadie se le ocurriría montar una empresa ganadera allí hoy por hoy, eso sería absurdo. Y la casa está bastante hecha polvo, a decir verdad.

—Pronto lo veremos por nosotros mismos —dijo Hulda con cierta aspereza.

—Es toda una tragedia, lo de esa familia...

La paciencia de Hulda se había agotado. Prefería poder llegar a sus propias conclusiones en el caso, sin tener que escuchar las teorías del teniente.

—¿Falta mucho?

—No tanto, no tanto —contestó el otro a media voz y, por fin, pareció captar que quizá lo que Hulda quería era silencio.

A la hora de la verdad, ese bendito silencio que Hulda había anhelado no supuso ningún alivio. En lugar de proporcionarle la paz y la tranquilidad necesarias para despejarse y prepararse para la investigación, solo le proporcionó más tiempo para pensar en Dimma y su suicidio, en el desgarrador descubrimiento de su cadáver, en las nebulosas horas y días siguientes y en el corrosivo sentimiento de odio hacia Jón, pese a que ella nunca lo había acusado de nada ni él había confesado nada en su propia contra.

Y las eternas preguntas que la perseguían con tanta insistencia: «¿Por qué no hice nada? ¿Por qué no vi lo que estaba pasando? ¿Por qué no lo detuve?».

Era como si Hulda, la inspectora de policía, no fuera la misma mujer que Hulda, la esposa y madre: la primera intentaba mantenerse firme, mientras que la otra era más calmada, más crédula, más pusilánime. Había sido su cobardía, su maldita cobardía, lo que le había costado tan caro. Nunca había tenido el valor de afrontar la situación. Si lo hubiera hecho, se habría dado cuenta de lo que pasaba a puerta cerrada.

—Bueno, aquí estamos —dijo el teniente, intentando sonar animado.

Una casa apareció ante sus ojos. Era una granja anticuada, pintada de blanco, baja; la planta superior parecía abuhardillada. Una edificación de lo más solitaria. Los establos estaban algo alejados de la vivienda, o al menos no estaban a la vista. A cierta distancia de la casa había un viejo jeep aparcado que, según había dicho el policía local, pertenecía al matrimonio.

Pese a que Hulda era muy aficionada a la vida

al aire libre, no le cabía en la cabeza que alguien pudiera vivir en un sitio tan apartado, y no digamos en pleno invierno. El aislamiento era prácticamente palpable. Parecía que la próxima casa estaba a kilómetros de distancia. Se había fijado en una casa por el camino; una construcción más reciente y un poco más acogedora, con paredes y tejado azules.

El tejado de esta estaba pintado de rojo, y parecía necesitar una o dos manos de pintura. En el solar, delante de la casa, había otro coche de policía, y conforme se acercaban y el teniente aminoraba la marcha, un agente apareció en las escaleras de entrada: un joven que los saludó con la mano, campechano.

Hulda fue la primera en apearse del todoterreno policial, obedeciendo a una necesidad urgente de salir al aire fresco, a pesar del frío. El viaje no le había sentado bien.

El teniente Jens la siguió hasta la casa. Saltaba a la vista que no quería perderse nada.

—Te acompañaré adentro —soltó, dejando atrás a su subordinado para luego guiar a Hulda al interior.

Había un ambiente terriblemente cargado dentro de la casa, y Hulda reconoció el olor familiar y empalagoso que le decía que un cadáver llevaba allí bastante tiempo.

—Él está arriba —dijo Jens.

Pasaron a un recibidor modesto, pero limpio;

y de ahí al salón, donde Hulda se detuvo un instante. En un rincón había un mustio árbol de Navidad bajo el cual se veían algunos regalos, de modo que parecía obvio que esos terribles sucesos habían ocurrido poco antes de las fiestas.

En una mesa de centro se apilaban numerosos libros, claramente préstamos de biblioteca. A su lado, una taza de café medio vacía, y en una mesa más grande, otras dos tazas, ambas vacías. Hulda se asomó a la pequeña cocina, contigua al salón: cazuelas encima del fogón, ningún desorden destacable. Tal vez la limpieza navideña estuviera ya hecha.

Regresó al salón y fue hasta el pasillo, al que parecían dar cuatro habitaciones, además de una escalera a la planta superior.

—Arriba —dijo el teniente con cara de misterio, a pesar de haberle dicho ya a Hulda que allí era donde se encontraba el cadáver.

Pero, por supuesto, se recordó ella a sí misma, había más de un cuerpo.

La inspectora siguió al policía escaleras arriba intentando no pensar en el hedor, intentando no pensar en el hecho de que en ese instante, dos meses después de haber descubierto el cuerpo sin vida de su hija, se veía de nuevo en la situación de tener que contemplar otro cadáver. No era algo que le hubiese resultado difícil... hasta ahora. Prácticamente se sentía como si se hallara en medio de un glaciar, casi cegada por la radiante nieve de alrededor, y que ante sus ojos se hubiera abierto una grieta, una profunda falla a la que se iba aproximando. Y notó que ya había entrado en caída libre...

Arriba, en la buhardilla, había un pasillo estrecho y tres puertas. Una de ellas estaba abierta. El teniente la guio hasta allí. El fallecido apareció ante sus ojos: era un hombre de mediana edad, tirado bocarriba en el suelo, sobre un charco de sangre coagulada. Ningún arma a la vista.

—Este es Einar —dijo Jens finalmente, tras un silencio apropiado—. Perdona, este era Einar. El granjero.

—Esto no tiene buena pinta, a decir verdad. Aunque mis colegas lo examinarán más a fondo —contestó Hulda, pensativa.

—Sí, pero coincides conmigo en que parece un homicidio, ¿no?

Por un segundo, Hulda tuvo la sensación de que el teniente albergaba la esperanza de que así fuera, de que, por fin, tuviese la oportunidad de ocuparse de un auténtico crimen. Trató de alejar ese pensamiento; quizá estaba siendo injusta. ¿Se había vuelto tan cínica con la edad? ¿O había sido a raíz de lo que había sucedido en Navidad?

—Al menos no me parece que haya sido un accidente —continuó ella en voz baja.

Allí había pasado algo terrible, eso era obvio.

—¿Bajamos?

Hulda se demoró un instante, observando la

habitación. Era bastante amplia, aunque de techo bajo. En un rincón había un viejo diván debajo de una ventana abuhardillada, una mesilla de noche y una lamparita al lado de la cama, y estantes de libros en una pared.

Dejando de lado el cadáver en el centro, parecía acogedora; el típico cuarto de invitados, neutral, pero cálido.

¿Qué estaría haciendo ahí el dueño de la casa?

—Sí, bajemos. Tengo lo que necesito por ahora. Por cierto, ¿qué hay de las otras habitaciones? ¿Sabes qué hay aquí arriba?

Prefirió no averiguarlo por sí misma; quería dejar a sus compañeros comprobar el escenario primero e inspeccionar la casa. No hacía falta estropear pruebas sin motivo.

—Eché un vistazo dentro cuando acudimos al lugar la primera vez; solo son unos trasteros, así que volví a cerrar las puertas. Abajo hay tres dormitorios y también un baño. Eché una ojeada, más que nada para asegurarme de que no había nadie en la casa. Y no lo había.

—Gracias, luego lo examinaremos más detenidamente —repuso ella, y lo siguió escaleras abajo.

—Me temo que ahora nos toca salir al frío.

Hulda iba bien abrigada, con una parka gruesa y guantes, y, al salir los dos a la escalera de entrada, se sacó un gorro de lana del bolsillo.

—No está muy lejos —le dijo el teniente—. Solo vamos a doblar la esquina y bajar al sótano.

—¿Ah, sí? No lo sabía.

—Sí, perdona. La información que llegó a la capital en primera instancia quizá no fuera demasiado precisa, pero el caso es que el segundo cadáver está en el sótano.

Hulda siguió al policía por unas escaleras empinadas y resbaladizas. Una miserable bombilla iluminaba el sótano; no había ninguna ventana, y junto a una de las paredes se hallaba el cadáver de una mujer de mediana edad.

—Erla, la esposa de Einar.

Esta vez no había sangre a la vista; sin embargo, el escenario resultaba en cierto modo aún más espantoso que el anterior. El espacio, frío y cerrado, le provocó una espeluznante sensación de claustrofobia. Se detuvo en el umbral, incapaz de seguir avanzando.

—No sabemos qué es lo que ha pasado aquí, claro —dijo el teniente de policía—, pero varias pistas sugieren una muerte violenta. Posiblemente un golpe en la cabeza o bien estrangulamiento. Pronto lo descubriremos.

—¿Y solo estaban aquí ellos dos, hasta donde sabéis? —preguntó Hulda, cortando sus especulaciones.

—Sí, solo ellos dos.

—Bueno, vamos fuera —sugirió la inspectora, conteniendo la respiración—. Salgamos al fresco.

—El olor, sí —dijo el teniente, tapándose la nariz y la boca.

—Te acabas acostumbrando —comentó Hulda cuando ya estaban al raso.

Intentaba no pensar en Dimma; intentaba, aunque solo fuera durante un instante, imaginarse que Hulda, la inspectora de policía, no era en absoluto la misma mujer que había descubierto a su hija el día de Navidad. Necesitaba separar las dos cosas para poder seguir trabajando, para poder aguantar.

En un esfuerzo por distraerse, dirigió su atención a la campiña circundante. Había dejado de nevar, y el paisaje, ahora que podía verlo, tenía una belleza desoladora bajo su ligero manto blanco. El contraste con la crueldad humana puertas adentro era total. El teniente de policía le había contado que habían encontrado a las ovejas muertas de hambre en los establos, y que el panorama allí no era para nada mejor que en la casa.

—¿No eran tres? —inquirió la inspectora.

—¿Tres? El matrimonio vivía aquí solo.

—Me refiero a si tenían algún huésped.

—En esta época del año no. Imposible. Aquí no viene nadie... No...

—¿Ni siquiera una visita navideña?

—No, no. No hay forma de llegar aquí en coche en pleno invierno. Habría que caminar un largo trecho, las quitanieves no llegan hasta la casa.

—O sea, que no es del todo imposible, ¿verdad? —preguntó Hulda con cautela.

—No, por supuesto que no es del todo imposible, era una forma de hablar. Pero podría jurar que estaban solos. A veces recibían huéspedes en verano, eso sí, y tal vez en primavera y en otoño también. Tenían una especie de alojamiento rural, aunque quizá no sea la expresión correcta...

—¿No?

—Invitaban a jóvenes a alojarse aquí a cambio de trabajar en la granja. Vamos, mano de obra barata, ¿entiendes? En mi opinión, esa no es forma de hacer las cosas, pero, bueno, yo estoy chapado a la antigua.

—A mí me parece una idea de lo más sensata —replicó Hulda, sin miedo a discrepar del teniente, que la estaba sacando de sus casillas.

Aunque tal vez fuese porque a esas alturas todo la irritaba; su concentración era un desastre y su mente no paraba de divagar.

—¿Por qué crees que eran tres? —preguntó Jens.

—Hay tres tazas de café en el salón.

—A lo mejor no se molestaban en lavarlas cada vez que ensuciaban una.

—Lo averiguaremos pronto, una vez analicemos las huellas dactilares. Y, bueno, todo lo demás estaba en orden en la cocina —contestó Hulda, en tono cortante—. Además, no nos salen las cuentas, ¿no?, porque ¿quién mató a quién?

—¿Eh? Ah, claro. Ya veo por dónde vas —respondió el otro, aunque a Hulda le dio la impresión de que no había atado cabos hasta ese instante. El policía frunció el ceño antes de añadir—: Es un lío de cojones.

—Si Einar atacó a su mujer, entonces, ¿quién lo mató a él? —preguntó ella, retóricamente.

—Exacto.

—Y si Erla atacó a Einar, entonces, ¿quién la mató a ella?

—Exacto —repitió él, y se quedó allí con el ceño fruncido—. ¿A menos que uno matara al otro y luego se suicidara?

—¿Volvemos a echar un vistazo dentro? —propuso Hulda, y arrancó sin esperar respuesta.

El teniente la siguió a cierta distancia para luego preguntar, de buenas a primeras:

—Y entonces, ¿dónde estará?

La inspectora se detuvo un momento y volvió la cabeza.

—¿Dónde estará entonces ese tipo, ese tercer hombre? —repitió él.

—Lo averiguaremos, no te preocupes —dijo ella, con un aire de serena autoridad en la voz que disimulaba el hecho de que no tenía claro en absoluto que su teoría fuera correcta o que pudiera llegar a identificar al misterioso visitante.

Aun así, no podía perder la confianza, debía seguir creyendo a machamartillo que podía con todo; el día a día en su trabajo, cuando resultaba mejor que los hombres, sus colegas, se lo había demostrado.

Fue desagradable volver a entrar en la casa. Reinaba un silencio de muerte, literalmente, e incluso los objetos más cotidianos se volvían macabros a la luz de las circunstancias. Ahí estaban las tres tazas de café; sus compañeros las someterían a ulteriores exámenes. Y luego estaba la escalera hacia la planta superior. Por de pronto, Hulda no tenía intención de volver a subir ahí; dejaría que los especialistas hicieran su trabajo y, a decir verdad, no tenía ningunas ganas de regresar a ese terrible escenario.

Eran cuatro las habitaciones que daban al pasillo de abajo. El baño parecía de lo más normal; nada en él le llamó la atención. Era un cuarto anticuado, producto de su tiempo, y no vio ningún indicio de enfrentamiento ni nada por el estilo. Luego estaba el dormitorio del matrimonio. Eso al menos fue lo que dedujo. La cama era grande y estaba sin hacer, y parecía claro que allí solían dormir dos personas: había dos mesillas de noche y unas gafas de lectura en cada una de ellas.

La tercera habitación tenía pinta de ser un cuarto de invitados. En él había solamente una cama y un armario, y tampoco vio señales de que alguien hubiera estado dentro. Al abrir la puerta, a Hulda la recibió un aire en extremo viciado, como si nadie hubiera puesto un pie allí dentro en mucho mucho tiempo.

El último cuarto también era de invitados, supuso, pero había algo diferente: sintió de inmediato que alguien había estado allí. Había una mesilla, una cómoda y, sobre ella, un montón de fotografías que Hulda no logró examinar con detalle, porque sus ojos se quedaron clavados en el diván. Alguien había dormido ahí, la almohada estaba hundida y la cama no estaba bien hecha.

La inspectora se dio la vuelta. El teniente se encontraba en el pasillo, y todo indicaba que pensaba no molestarla mientras investigaba.

—Aquí es donde ha dormido el presunto huésped —dijo ella, sintiendo una extraña necesidad de compartirlo con él, de argumentar su teoría—. Alguien ha dormido en esa cama, ¿lo ves? Alojaron a alguien durante las Navidades. Si no, me atrevería a decir que la habitación habría estado más recogida, sobre todo teniendo en cuenta las fiestas.

El otro asintió con la cabeza.

—Sí, salvo que cada uno de los cónyuges durmiese en una habitación... —Luego volvió a preguntar—: Pero, entonces, ¿dónde está?

—Pues ese es el quid de la cuestión.

Hulda volvió a salir de la casa, con el teniente pisándole los talones. Necesitaba regresar fuera, al aire fresco, librarse del olor a muerte en sus fosas nasales, despejar su mente de las imágenes de los muertos: la del granjero, la de su mujer... y la de Dimma.

2

Erla se pegó un susto de muerte al verlo.

Fue como si el corazón se le hubiera parado durante un instante, como si estuviera muerta. Luego volvió en sí y comenzó a temer de veras por su vida. Él tenía la cara desencajada por la ira; la máscara había caído.

Y no era Einar.

Era el intruso, Leó.

¿Einar? Dios santo, ¿dónde estaba Einar?

Leó la agarró con bastante fuerza, y aunque al principio no dijo nada, su mirada rezumaba una mezcla de furia y desesperación.

En ese momento Erla se acordó de dónde estaba Einar, de que yacía en un charco de su propia sangre en la planta de arriba, muerto, de que Einar ya se había ido. Había llegado a convencerse de que estaba sufriendo alucinaciones, de que él seguía con vida. De que ahí estaban ellos dos solos. Pero de pronto le resultaba pavorosamente real que eso no era así.

Leó, que seguía agarrándola, avanzó unos pasos en la oscuridad, sin aflojar la presa. Entonces Erla también recordó que había bajado corriendo al sótano para esconderse, para estar a salvo, para escabullirse de él. Y que había tenido la intención de defenderse del intruso con palas y otras herramientas guardadas allí; una idea que ahora le parecía absurda.

Se había quedado completamente sin fuerzas, incapaz de moverse. Y sabía que eso no podía acabar bien.

3

Hulda estaba sentada en el todoterreno policial junto al teniente, que había arrancado el motor del vehículo para que la calefacción funcionara a tope. Sus colegas se encontraban dentro de la casa, llevando a cabo las labores de investigación del escenario del crimen.

—Debemos trabajar con la hipótesis de que aquí hubo alguien más con ellos —dijo Hulda, en tono ponderado, con educación.

No tenía más remedio que colaborar con el hombre, aprovechar sus conocimientos de la región.

—Sí, sí, justo —contestó él, con cautela.

—¿A qué distancia quedan los vecinos más próximos? ¿Cabe la posibilidad de que alguno de ellos hubiese venido de visita... y que la visita hubiese acabado en semejante atrocidad?

—¿Vecinos? —El otro sonrió—. No tenían vecinos.

—¿Qué quieres decir?

—Los vecinos más próximos del matrimonio, en realidad, son la gente del pueblo, yo incluido. Todas las granjas de la zona han sido abandonadas.

—¿Y si alguien del pueblo hubiera venido...?

—Como he dicho, aquí no viene ni Dios de visita durante el invierno, absolutamente nadie. Nadie tenía motivo para subir aquí, y ellos tampoco eran muy sociables. Se compenetraban bien, cuidaban uno del otro, ¿sabes?

La respuesta irritó a Hulda.

—No descartemos nada —zanjó, áspera—. Para todo hay una primera vez.

—Sí, sí, claro, claro...

—Y el individuo en cuestión recorrería en coche, más o menos, la mitad del camino, ¿no?

—Sí, y tal vez un trecho más, pero luego tendría que completar a pie el resto del trayecto, y aquí las condiciones meteorológicas son impredecibles.

A Hulda se le fue el pensamiento a los regalos de Navidad, al árbol... Esos terribles sucesos parecían haber ocurrido poco antes de las fiestas, o incluso durante ellas.

—¿Qué tiempo hizo en Navidad?

El teniente ni siquiera tuvo que pensárselo.

—Tuvimos una tormenta de las gordas durante las fiestas, una tormenta de nieve en condiciones. Se fue la luz en el pueblo, lo que significa que aquí también debió de irse. No lo arreglaron hasta el 26 de diciembre. —Suspiró.

—¿Un corte de electricidad, dices? ¿Recuerdas exactamente cuándo ocurrió?

Hulda visualizó la oscuridad, preguntándose si el corte de luz llegó después de que todo pasara, o si habría tenido algo que ver con los sucesos de la granja.

—Sí, la luz se fue el día 23, en el peor momento posible. Se nos complicó de mala manera la preparación de la cena de Navidad y nos perdimos los saludos navideños en la radio. El viejo Ásgrímur tuvo que abrir la tienda de la cooperativa la noche de San Torlaco para que la gente pudiera comprar pilas para los transistores, cerillas y demás. Creo que las pilas se agotaron.

—Y la tormenta, ¿cuándo se desató?

—Hizo un tiempo más bien malo antes de las Navidades, con bastante nieve, pero ninguna nevada de las grandes, o sea, que fue una cosa asumible, ¿entiendes? Pero la tormenta golpeó más o menos sobre la hora en la que se fue la luz.

—¿Podría haber llegado alguien hasta ellos a pie con ese tiempo? ¿En plena tormenta?

—No; en mi opinión, eso habría sido completamente imposible —contestó con firmeza—. Completamente imposible. Hubo un aviso de emergencia por temporal. El viento era tan fuerte que apenas se podía estar de pie en la calle y había visibilidad cero.

—Y dices que duró hasta el 26, ¿no? ¿Fue entonces cuando volvió la luz?

—Sí, más o menos.

—Así que el huésped habría llegado de visita a más tardar el día 23.

—Sí, o pasadas las Navidades...

—No creo, para entonces ellos habían fallecido. Todos los regalos de Navidad están sin abrir...

—Sí, justo, sí, ahora que lo dices... —replicó Jens con voz insegura.

—¿Podemos regresar en coche ahora? —preguntó la inspectora.

—¿Ahora? Pero tus compañeros siguen trabajando.

—Se las arreglarán. Nosotros volvemos.

—¿Adónde quieres ir? —se interesó el teniente, arrancando el vehículo.

—Justo al punto al que podría haber llegado nuestro misterioso visitante en los días previos a Navidad. Hasta donde se habría visto obligado a dejar su coche.

—Sí, claro, eso podemos hacerlo. De todos modos, no he visto ningún vehículo al lado de la carretera.

—Pero tampoco estábamos buscándolo.

—Cierto —repuso el teniente, encaminando el todoterreno de vuelta por la carretera.

Condujeron un rato en silencio. Era obvio que Jens había aprendido la lección y Hulda no tenía nada que decirle. Sin embargo, al cabo de unos minutos, el silencio empezó a resultarle pesado. En cuanto su atención se desviaba, Dimma estaba allí, al acecho. Hulda le había fallado. Se había dado cuenta demasiado tarde. Y ese sentimiento era tan penetrante, tan punzante y doloroso... Sentía que iba a estallarle la cabeza mientras el nombre de su hija resonaba cada vez más fuerte en su interior, hasta que no aguantó más y se vio obligada a decir algo.

—¿Llevas... llevas mucho tiempo aquí?

—¿Eh, yo? Sí, toda la vida de Dios. Le coges el tranquillo a la vida de pueblo; es adictiva, de verdad. Siempre hay algo con lo que entretenerse: aficiones y demás.

Por cómo lo dijo, Hulda dedujo que tenía ganas de que ella le preguntara más sobre sus pasatiempos. Decidió complacerlo.

—Ah, vaya, ¿y cuáles son esas aficiones, exactamente?

—Por supuesto, la música, como ya sabrás.

—¿Eh? ¿Como sabré?

—Sí, ya sabes, mi canción.

Ella no tenía ni idea de lo que estaba insinuando, pero le daba apuro preguntarle más al respecto. Al ver la perplejidad de la inspectora, pareció avergonzado.

—Ay, perdona —dijo—. Creía que tal vez conocías la canción. La mayoría de la gente se la sabe, modestia aparte.

Mencionó una canción pop muy en boga a

principios de los años setenta, y a Hulda le sonaba.

—¿Ese eras tú?

—Vaya si lo era: pecados de juventud, ¿sabes?, pecados de juventud. Tuve un solo bombazo y fin de la historia. Lo que pasa es que la gente sigue pidiéndome que la cante. —Se rio—. Tanto en las situaciones más inverosímiles como, claro, en la mayoría de los saraos. Y normalmente doy mi brazo a torcer, canturreando con la guitarra de acompañamiento.

Hulda observó al teniente de policía, un hombre de mediana edad rechoncho, y le resultó difícil imaginárselo como una estrella del pop. Por desgracia, la canción se le había quedado ahora pegada en la cabeza.

—Tengo un pequeño acuerdo con un restaurante del pueblo. Bueno, no es un restaurante como tal, sino una especie de chiringuito a lo finolis, donde acude la gente si tiene ganas de picar algo, hamburguesas y cosas por el estilo, y a veces canto para los clientes si hay buena afluencia. A cambio me dan de comer gratis; seguramente te dejarás caer por ahí cuando tengas oportunidad.

El silencio se impuso tras estas confesiones de la antigua estrella del pop. Hulda contemplaba el desolado paisaje. Había dejado de nevar, pero un manto blanco lo cubría todo; el terreno estaba ataviado con un bello atuendo invernal y, sin embargo, no se imaginaba vivir allí, aunque es posible que fuese una zona interesante para hacer senderismo en verano.

Se le pasó por la cabeza que llevaba mucho sin hacer senderismo. Tal vez eso era justo lo que necesitaba: subir una montaña, intentar recuperar fuerzas y valor, en lugar de estar metida en casa o trabajando como una esclava... De todos modos, ese no era el momento de remediarlo. Tenía que ponerle punto final a aquel caso cuanto antes, y a poder ser con honores.

Se acordó de lo que había comentado Jens hacía un rato.

—Antes has dicho que fue imposible establecer contacto telefónico con el matrimonio y que por eso te acercaste a verlos. ¿El teléfono estaba bien?

—No, no funcionaba cuando intenté llamarlos, como si hubiera algún problema con el aparato o con la línea. Pero olvidé comprobar si había tono de llamada cuando estuve en la casa.

—¿Puedes hacer que lo miren luego?

—Claro, claro.

—Aquí es donde la carretera queda cortada normalmente.

El teniente había detenido el coche. Se apearon.

Hulda giró despacio sobre sus talones y observó a su alrededor.

—Ahí, mira. —Señaló—. Ahí hay alguna clase de vehículo. Parece un todoterreno grande.

Se hallaba a bastante distancia y quedaba claro que lo habían sacado del camino principal.

—Sí, caramba, llevas razón. No me había fijado antes. El conductor se ha metido por una ruta rara, pero... Sí, ahora que lo dices..., a lo mejor...

—A lo mejor, ¿qué? —inquirió Hulda, impaciente.

—A lo mejor tiene su lógica. He pasado por aquí varias veces en condiciones difíciles. La carretera se queda bloqueada en este punto, las quitanieves no van más allá. Pero un forastero podría cometer el error de pensar que puede sortear el bloqueo si toma un desvío a la izquierda, por aquí; con el vehículo adecuado, avanzaría un trecho, porque el suelo suele estar bastante limpio de nieve por el viento. Pero es engañoso. Enseguida se quedaría atascado. ¡Que me aspen si no tengo razón! Seguramente más atascado que una mula.

Se encaminaron con energía hacia el todoterreno. Era de color blanco. Hulda no reconoció la marca enseguida; no a distancia. El teniente se le adelantó:

—Un Mitsubishi, me parece. Siempre he tenido ganas de llevar un todoterreno así.

Hulda estaba reflexionando sobre lo contenta que estaba con su Škoda, cuando dio un respingo y, al mirar al teniente, vio que a él le había asaltado el mismo pensamiento, casi en el mismo instante.

—¡Me cago en todo! —exclamó él—. ¿No será...?

—Un Mitsubishi blanco, joder. ¡Joder!

Por supuesto, tendrían que confirmar la matrícula, pero no podía ser una coincidencia.

—¡Joder! —repitió Hulda—. Esto sí que no me lo esperaba.

4

Por razones obvias, Hulda nunca llegó a devolver los mensajes de los padres de la chica desaparecida. Como era el día de Navidad, no le había parecido apropiado llamar por la mañana, y luego, a mediodía, se había ido a casa, donde se encontró con la indescriptible escena; fue el día en que todo se puso patas arriba, cuando su vida acabó, en realidad.

Tras la tragedia, como es lógico, le tocó a alguna otra persona telefonear a los padres de Unnur, si es que alguien lo hizo. Hulda fue rellenando los huecos más adelante, una vez que volvió a seguir la actualidad a duras penas, y así fue como adivinó el motivo de la llamada. Resultó que el padre de Unnur se esfumó justo antes de las fiestas, sin decir una palabra a su mujer. Su todoterreno también se había evaporado.

Hulda había prestado medio oído a la noticia,

con la mente puesta en otras cosas, pero aun así ese caso había sido suyo. La desaparición del padre había llamado la atención, desde luego, sobre todo en conexión con la de la chica, y todo indicaba que, sencillamente, se había largado. Ningún indicio de otra cosa, ninguna explicación evidente. De cualquier modo, Hulda había llegado a sus conclusiones y presuponía que sus compañeros habrían hecho lo propio; la única explicación lógica era que el padre había sido responsable de la muerte de su hija y que, incapaz de vivir con esa carga sobre los hombros, se había quitado la vida. Los medios de comunicación no lo habían dicho a las claras y el interés por el caso había ido extinguiéndose, como si todo el mundo coincidiera en que se trataba de una tragedia familiar en la que uno no debía regodearse en exceso.

Las indagaciones de la policía no habían dado resultado alguno, como si el hombre hubiese sido borrado de la faz de la tierra. «Seguramente habrá saltado con el coche al mar», había pensado Hulda en su día, pero, dado que estaba de baja, no disponía de información precisa sobre la investigación. En todo caso, nadie había vuelto a tener noticias de él.

Y así quedó la cosa. Hasta ahora.

El todoterreno con el que el padre se habría marchado era un Mitsubishi blanco.

Y ahí estaban ellos, Hulda y el teniente Jens, con un vehículo idéntico ante sus ojos.

—Este tiene que ser el todoterreno en cuestión, ¿no? —preguntó Hulda, pese a saber la respuesta.

—Sí, tiene que serlo. Justo después de Navidad recibí órdenes de estar ojo avizor a cualquier Mitsubishi blanco, como todas las comisarías del país. Recuerdo que di una vuelta por el pueblo, sin éxito. La verdad es que tampoco esperaba que el hombre acabase en mi jurisdicción, y no he tenido motivo para venir a este lugar hasta ahora... ¿Qué diablos estaría haciendo aquí?

—Pues eso no queda para nada claro, pero podría ser que...

El teniente la interrumpió:

—Debe de guardar relación con la hija, ¿verdad?

Hulda se quedó parada, con la mirada fija en el coche.

«¿Qué diablos habría traído al padre de Unnur hasta aquí?»

—Sí, eso creo —contestó finalmente.

—Pero ella desapareció, bueno..., en la otra punta del país.

—Se la vio por última vez cerca de Selfoss, y hasta allí hay una distancia más que considerable... No acabo de entenderlo.

—Yo menos... Y encima ahora me llevaré un tirón de orejas por no haber inspeccionado mejor la zona en su día —replicó Jens, más para sus adentros que a Hulda.

Ella estaba demasiado inquieta como para consolar a su compañero; ahora toda su atención estaba puesta en un caso criminal que había que resolver. ¿O quizá era más de uno? ¿No tenía ya, por fin, indicios sólidos relacionados con la desaparición de Unnur?

Echó un vistazo dentro del vehículo, con cuidado de no tocar nada. Otros, y no ella, deberían someterlo a exámenes más exhaustivos. No obstante, quedaba claro que no había nadie dentro del coche. Y tampoco, a primera vista, nada que pudiera arrojar luz sobre el caso.

—¿Crees que estuvo con el matrimonio en Navidad? —preguntó el teniente tras un breve silencio.

Hulda reflexionó.

—Eso cabría dentro de lo posible, pero no logro imaginarme la razón. Aunque a duras penas existen motivos para llegar hasta aquí si no es para visitarlos a ellos, ¿verdad?

—No, en absoluto, en absoluto. Pero, en este caso, todo parece indicar que fue andando desde este punto hasta la granja. Es una buena caminata, aunque es fácil seguir la carretera si hay buena visibilidad.

—¿Incluso si no conoces la zona?

—Sí, yo diría que sí. El camino sube directamente desde aquí hasta la cabecera del valle.

—Pero también es fácil perderse si estás en medio de una fuerte tormenta de nieve, ¿no?

—Ya lo creo. Hay pocos puntos de orientación si uno se sale de la calzada. Se cuentan muchas historias de gente que murió congelada por esta zona en los viejos tiempos, historias de fantasmas y todo. Solo te digo que, si se desatara una tormenta, no me gustaría que me pillaran aquí, y menos a pie, te lo aseguro.

Hulda se dirigió de vuelta al vehículo policial y el teniente la siguió.

La inspectora se sentó en el asiento del acompañante y, una vez que el otro se hubo acomodado al volante, dijo:

—En alguna parte tiene que estar ese hombre... si damos por sentado que ese es su coche. Y no se encuentra en la granja; creo que hemos despejado toda duda al respecto. ¿Tú qué opinas?

—Queda descartado que esté allí —contestó su compañero, para luego añadir—: ¿Crees que ha matado al matrimonio?

Hulda guardó silencio durante un rato. Difícilmente cabía otra posibilidad y, sin embargo, no tenía ganas de decirlo en voz alta. Se había visto con aquel hombre unas cuantas veces mientras investigaba la desaparición de Unnur, y le había caído bien. Parecía un abogado educado y agradable, un padre preocupado. Y aun así... había algo en sus modales que la había inquietado. Había intuido que, en determinadas circunstancias, podía ser capaz de cualquier cosa; que era imprevisible. ¿Acaso había asesinado a su propia hija, al fin y al cabo? ¿Y luego a aquel matrimonio del campo? Eso no cuadraba, no cuadraba en absoluto...

—No podemos descartarlo —dijo a continuación—. Que él sea el responsable de lo que pasó aquí en Navidad.

—Cabe dentro de lo posible que... —repuso Jens, con cara pensativa, arrastrando las palabras, y Hulda esperó paciente a que acabase la frase—, dentro de lo posible que se encuentre en la otra casa.

—¿Esa que hemos pasado hace un rato?

—Sí, allí ya no vive nadie.

—¿Y qué? ¿Ha dejado aquí el todoterreno todo este tiempo? —Hulda no estaba convencida, pero aun así había que salir de dudas—. A no ser que hubiera muerto allí, lisa y llanamente.

—¿Nos acercamos en el coche y lo averiguamos? —preguntó el teniente titubeando.

Hulda se sintió satisfecha al percibir que era ella quien llevaba las riendas.

—Sí, eso; hagámoslo —contestó con decisión.

5

La pintura azul de las paredes y el tejado estaba desgastada, e incluso bajo el manto de nieve saltaba a la vista que el jardín que rodeaba la casa había sido abandonado a su suerte. Al comprobar la puerta, resultó que la llave no estaba echada, de modo que Hulda y Jens entraron sin dificultad.

No se apreciaban signos de que alguien viviera ahí. Aun así, dentro había muebles: un tresillo en el salón y una mesa, y vajilla en la cocina, como si el último inquilino tuviera intención de volver.

—La casa es de una sola planta, además del sótano, creo recordar. Voy a echar un vistazo abajo —dijo el teniente—. Aunque la cosa me parece bastante clara: creo que podemos descartar que se quedara aquí.

Hulda asintió con la cabeza y Jens desapareció escaleras abajo.

La atmósfera dentro resultaba extraña: vestigios silenciosos de un tiempo pasado, de una vida que alguien había vivido allí no hacía tanto, aunque tampoco tan recientemente. Una gruesa capa de polvo cubría los tableros de las mesas y los muebles. Inspeccionó las habitaciones; la misma historia: camas individuales en su sitio en la alcoba, pero ningún objeto personal. Casi parecía un hostal a la espera de huéspedes. Hulda volvió al salón, se acercó a la cocina y echó un vistazo en la nevera; estaba vacía y desenchufada. Cuando pulsó el interruptor al lado de la puerta de la cocina, para su sorpresa, se encendió una bombilla. Los radiadores también mantenían un mínimo de calor, no lo suficiente para calentar la casa, pero sí para evitar que las tuberías se congelaran mientras estaba desocupada. Esa era una casa con historia, una historia interesante tal vez, pero la curiosidad que sintiera al respecto tendría que esperar. Por ahora el objetivo era averiguar qué le había pasado al matrimonio de la granja vecina, y no menos importante, qué había sido del padre de Unnur, el abogado Haukur Leó, al que sus amigos y familiares llamaban Leó.

Tras encontrar el Mitsubishi abandonado, Jens había llamado por radio desde el todoterreno para que le confirmaran que, en efecto, se trataba del vehículo que la policía había estado buscando. Y sí: la matrícula concordaba. Ese dato dio un vuelco completo al caso; de hecho, a ambos casos: los terribles sucesos en la granja, por un lado, y, por otro, la desaparición de Unnur y de su padre. Entre ambos casos debía de haber un hilo conductor que Hulda aún no había logrado divisar.

—La puerta del sótano estaba cerrada con llave, pero me he tomado la libertad de forzarla; ha sido sencillo. Luego haré que la arreglen.

—¿Has encontrado algo?

El teniente negó con la cabeza.

—Nada de nada. ¿Dónde demonios está ese hombre?

—Tenemos que ordenar una búsqueda —replicó Hulda.

El reloj jugaba en su contra, hacía tiempo que las pistas se habían enfriado y la inspectora debía poner todo su empeño en intentar avivar los pocos rescoldos que pudiesen indicar el camino. Aun así, la prioridad para ella era encontrar a Unnur, la chica a la que llevaba buscando desde otoño. Si había alguna esperanza de que siguiera con vida, por débil que fuera, Hulda tenía que dar con ella.

Haría cuanto estuviera en su mano para salvarla.

6

El primer día, Unnur solo fue capaz de llegar hasta Kirkjubæjarklaustur.

Precisamente aquella iba a ser la tónica de su viaje: una mezcla de incertidumbre y aventuras. De todas formas, no tenía ningún interés en particular en quedarse en aquella pequeña y tranquila ciudad del sur de Islandia, acurrucada a los pies de unos bellísimos acantilados, en el oasis verde entre los dos grandes casquetes polares de Mýrdalsjökull y Vatnajö, y a cierta distancia de una enorme extensión de lava —un áspero mar de piedras y musgo— que se desplegaba hasta donde alcanzaba la vista. Ella buscaba otra clase de vivencias, más aislamiento, más naturaleza si cabe; no entraba en sus planes quedarse en zonas urbanas, ni siquiera en una pequeña aldea como aquella. En aquel momento estaba sentada en un kiosco de carretera, uno de esos establecimientos anexos a una gasoli-

nera donde venden comida rápida, golosinas, bebidas, prensa y demás.

El conductor del BMW que la había recogido resultó ser un extranjero que, por el momento, no iba a ir más lejos. Era un amable turista de mediana edad, un oficinista alemán que había decidido hacer realidad su sueño largamente acariciado de visitar Islandia. Fueron charlando todo el camino. A ella le encantaba conocer a gente nueva, y de momento estaba muy contenta con el viaje.

¿Y adónde debía ir a continuación?

Su intención era tomar un autobús de línea, solo que no sabía hacia dónde. Más al este, eso sí. Una cosa estaba clara: no iba a ir en dirección contraria, porque volver sobre sus pasos era como tirar la toalla. Debía seguir al encuentro de lo desconocido.

Había un ambiente tranquilo en el kiosco, y Unnur se había permitido el lujo de pedir un café y un sándwich frío. Ninguna de las dos cosas era para tirar cohetes, aunque el café al menos estaba caliente y el sándwich no estaba pasado, y con eso iba a tener que bastar.

En la mesa a su lado había varios folletos publicitarios y un periódico, del día anterior. Empezó a hojear el diario, pero desistió al rato, porque tenía algo de deprimente verse arrastrada de nuevo a las mismas viejas disputas políticas de la actualidad. Últimamente lo había evitado a sabiendas, dejando de leer la prensa y sin seguir con especial interés las noticias.

Tras dejar el periódico, repasó abstraída los folletos. La mayoría estaba en islandés, algunos en color, otros en blanco y negro, con información para los turistas nacionales que querían visitar su propio país. Y ahí, al final de la pila, se escondía una hoja informativa multicopiada que Unnur leyó con más detenimiento, por pura inercia o, mejor dicho, porque era un anuncio tan enternecedoramente anticuado que se notaba a la legua que era casero. En él se solicitaba personal para desempeñar trabajos de granja tradicionales a cambio de alojamiento.

Como muchos islandeses, de niña había pasado dos veranos en una granja, pero de mayor nunca se le había ocurrido repetir la experiencia. No hasta ese momento. Era una oportunidad demasiado sugerente, justo algo que imaginaba que podría ser emocionante y original.

La hoja incluía toda la información necesaria e indicaciones de cómo acceder al sitio en cuestión: en autocar hasta el pueblo más cercano y luego un buen trecho tierra adentro. Una larga caminata, pero se podía llegar a un acuerdo sobre el transporte, según decía la nota. No dudó en decidirse a caminar; iba a ser todo un sueño.

Y ahí había un número de teléfono. Era una insensatez presentarse sin previo aviso; debía asegurarse de que la plaza seguía disponible. Agarró la hoja informativa y se acercó al mostrador, dejando el café y el sándwich en la mesa, segura de que nadie iba a robarle semejantes manjares.

—Perdona —le dijo al adolescente que estaba de guardia esa noche en el kiosco.

—¿Eh?

—Perdona, pero ¿podría usar el teléfono?

El joven puso los ojos en blanco.

—Hay uno de monedas ahí detrás, mira... —Señaló a la izquierda—. Ahí, detrás de esa pared.

Unnur sacó un billete de cien coronas.

—¿Tienes cambio?

El dependiente titubeó, como si estuviera barajando decir que no. Luego cogió el billete, abrió la caja registradora y le devolvió diez monedas de diez.

Unnur no tardó en encontrar el teléfono y marcó.

7

Hulda y Jens se encontraban sentados en el despacho del teniente de policía, en la comisaría.

El despacho era pequeño, como la propia comisaría, aunque acogedor y hogareño. Había fotografías familiares en un estante y el cuarto tenía un aspecto pulcro; el escritorio no estaba enterrado bajo una avalancha de papeles como el de Hulda. A lo mejor se debía a una menor carga de trabajo y un menor número de casos, o quizá Jens era por naturaleza más organizado.

Allí él jugaba en casa; se había acomodado en su silla detrás del escritorio y Hulda era la visitante.

Los medios de comunicación ya estaban metiendo las narices en el caso, de modo que la presión había subido un grado. Un reportero de la Radio Televisión Islandesa se había puesto en contacto con la policía local y Jens había optado por atender él mismo la llamada en lugar de pasársela a Hulda. Ella había captado fragmentos de la conversación, pero había tardado mucho en intervenir. Su reacción inmediata habría sido responder con un «Sin comentarios», pero saltaba a la vista que Jens estaba encantado con el protagonismo. De hecho, estaba tan ocupado disfrutando de sus cinco minutos de fama que reveló demasiada información, de largo. Por suerte, ya era muy tarde para aparecer en los telediarios principales de la noche, pero el informe llegaría sin duda al boletín radiofónico de las diez; Hulda solo esperaba que a los periódicos no les diera tiempo a sacar nada sensacionalista a la mañana siguiente. Sería bueno tener un poco de paz para trabajar en la investigación. De todos modos, había que reconocérselo a Jens: no había confiado al periodista ninguna sospecha de que se tratase de un homicidio, sino que se había limitado a confirmar el hallazgo de los restos mortales, revelando, no obstante, que habían sido descubiertos dos cadáveres. Eso ya era de por sí una noticia, aunque la experiencia de Hulda con los informadores islandeses era que solían respetar la regla de oro de mostrar consideración en casos como aquel. Afortunadamente, Jens tampoco había revelado la posible relación entre el incidente actual y las misteriosas desapariciones de Haukur Leó y su hija, Unnur.

El jefe del grupo de voluntarios de rescate local estaba en camino para reunirse con ellos.

Al oír movimiento en la entrada, la inspectora miró hacia atrás y, al rato, vio a un hombre delgado con gafas aparecer por la puerta.

—Hola, muy buenas. —Probablemente, tenía unos diez años menos que ella, o sea, que rondaría los treinta. Se acercó con paso enérgico y le tendió la mano—. Me llamo Hjörleifur. Soy el encargado del equipo de rescate de esta zona.

—Hola. Soy Hulda, del Departamento de Investigaciones Criminales de Reikiavik —dijo ella en tono grave—. Gracias por venir. Necesitamos poner en marcha la búsqueda de un hombre.

—Sí, lo sé. —Hjörleifur permanecía de pie, ya que no había más sillas libres en el despacho—. Jens me lo ha comentado al llamarme. O sea, que es un hombre que desapareció más o menos por Navidad, ¿no?

—Correcto —respondió Jens, serio.

—Sí, claro, podemos hacerlo —asintió Hjörleifur. Miró a Jens y luego a Hulda.

—¿Cuándo podéis empezar? —preguntó ella—. ¿Cuánto tiempo se tarda en convocar al equipo?

—¿Convocar al equipo? Eso se hace rápido, pero ahora mismo está cayendo una nevada de aquí te espero y no hay luz, así que no hay prisa por ir a ninguna parte... Si el hombre está por ahí, lleva tirado a la intemperie desde Navidades, y un par de días más no van a marcar mucha diferencia.

Hulda se levantó de su silla, clavó la mirada en Hjörleifur y habló resuelta:

—¡Al contrario, es muy urgente! Estamos buscando a una chica que lleva desaparecida desde el otoño pasado. No tenemos la más remota idea de qué ha sido de ella, pero por fin disponemos de una pista. Si existe la más mínima posibilidad de que siga con vida...

Hjörleifur pareció sorprendido por aquel estallido inesperado y tardó un rato en contestar. Al fin, asintió con la cabeza.

—Bien. Convocaré al grupo. Pero imagino que no esperaréis que ese hombre siga con vida...

—Me sorprendería que así fuera —respondió Hulda con ponderación, sentándose de nuevo—. Entonces, ¿podéis poneros manos a la obra de inmediato?

—No mientras esté oscuro, pero sí en cuanto amanezca... —farfulló Hjörleifur, cabizbajo—. Pero para que quede claro: si las condiciones empeoran significativamente, abortaremos la búsqueda. No vamos a correr ningún riesgo.

—Lo entendemos de sobra —dijo Jens, y Hulda se quedó con la duda de si se ponía de su lado o del de Hjörleifur en aquel asunto.

A lo mejor se mostraba demasiado ansiosa queriendo emprender la búsqueda de un cadáver, a campo abierto y bajo una tormenta de nieve y viento; era solo que la desaparición de la muchacha le tocaba una fibra muy sensible y necesitaba hacer todo lo posible por resolver el caso, aun cuando sospechaba que no tendría un final feliz.

—Entonces, mejor que me vaya; no hay tiempo que perder —dijo Hjörleifur, y se despidió sin poder ocultar el sarcasmo en su tono de voz.

—Volvemos a subir a la granja, ¿no? —preguntó Hulda.

Estaba demasiado inquieta para quedarse de brazos cruzados.

—¿Estás segura? ¿Quieres regresar ahí esta misma noche?

Quedaba claro que Jens no estaba muy por la labor de meterse en semejante viaje.

Hulda hizo un gesto afirmativo.

—Completamente segura. Vamos a ver cómo está la situación allí.

El viaje de subida hasta la granja resultó complicado; la ventisca había acumulado aún más nieve en la carretera, y Hulda tuvo que admitir para sus adentros que todas sus simpatías estaban con los miembros del equipo de rescate que iban a peinar la zona en busca del padre desaparecido en aquellas condiciones.

Cuando llegaron, los compañeros de la inspectora estaban finalizando su trabajo: habían tomado las muestras y fotografías correspondientes y consideraban que tenían entre manos suficientes datos.

Habían hecho un descubrimiento inesperado: parecía innegable que alguien había cortado a propósito la línea telefónica del matrimonio, arrancando ciertos cables e intentando disimular que el teléfono no había sido manipulado.

«No se necesitaría ningún experto para hacerlo y seguro que tampoco se tardaría mucho tiempo», fue la respuesta que Hulda recibió cuando pidió más explicaciones. Además, ya habían analizado las huellas dactilares de las tazas de café, que confirmaban la presencia de tres personas en la casa.

Los dos cadáveres ya habían sido trasladados en ambulancia y el equipo de rescate empezaría la búsqueda desde la granja a la mañana siguiente. Se acordó, pues, que los dos vehículos de la policía regresaran al pueblo en convoy, pero había algo que Hulda quería hacer primero.

—Entonces, ¿no pasa nada si entro ahora y echo otro vistazo? —preguntó a uno de sus compañeros de Reikiavik.

Este asintió.

Volvió a introducirse en ese extraño cuadro, en el acogedor salón de la casa, donde ya no vivía nadie, donde la Navidad seguía esperando a los dueños, aunque ya era febrero. La casa estaba como en un limbo: con señales de vida de puertas adentro y, sin embargo, con ese olor a muerte en el aire; un recordatorio de que ahí había golpeado la Guadaña. Intentó hacerse una idea de la situación, ¿habían estado sentados ahí los tres en los prolegómenos de las Navidades, el matrimonio y Haukur Leó? ¿Había sido él un completo desconocido para ellos? ¿Qué motivo lo había llevado allí en pleno invierno? ¿Conocía a aquellas personas? ¿Acaso eran familia?

Cuando estaban en la comisaría, a Hulda se le había pasado por la cabeza llamar a la madre de Unnur y decirle que habían localizado el todoterreno de su marido. Por supuesto, debería haberlo hecho y, de paso, haberle preguntado sobre los posibles lazos de Leó con aquel matrimonio del este del país. Pero había titubeado; había preferido esperar un poco, avanzar unos pasos más en la investigación; poder informar a la pobre mujer en un sentido u otro, tanto de su marido como quizá de su hija.

Aquella conversación podía esperar hasta la mañana siguiente, salvo que el caso diera un vuelco esa misma noche.

Hulda pasó delante de la escalera que subía a la planta de arriba. No tuvo el valor de regresar allí de inmediato, sabiendo en su fuero interno que la escena que había aparecido ante sus ojos, aparte de la sangre, le había recordado demasiado a cuando encontró a Dimma el día de Navidad.

Volvió a entrar en la habitación del matrimonio. Jens había sugerido la idea de que quizá no dormían juntos, de que eso podría explicar el hecho de que tanto la cama doble como la del cuarto de invitados se hubiesen usado para dormir. A esas alturas había quedado bastante claro que eso no concordaba, que Haukur Leó tenía que haberse alojado con ellos. Además, como Hulda había observado antes, había dos pares de gafas de lectura ahí dentro, en sendas mesillas de noche. En una de ellas también había un vaso de agua medio vacío y un libro: la novela *Salka Valka*, del premio nobel Halldór Laxness; el marcapáginas indicaba que el lector, o lectora, no había avanzado mucho en su lectura.

Por lo demás, era una habitación de apariencia más bien fría, le pareció a Hulda. Impersonal por alguna razón. No cayó de inmediato en qué le causaba ese efecto; luego se acordó de las fotografías colocadas en la cómoda de uno de los dos cuartos de invitados. En el dormitorio del matrimonio no había fotos de familia. Eso no tenía por qué entrañar un significado más profundo, no necesariamente, pero de todos modos le resultaba extraño.

Hulda salió del cuarto principal y volvió a entrar en el de invitados, el que supuestamente habría ocupado Haukur Leó. Ahí estaban las fotografías de la familia, todas reunidas en un mismo lugar. La inspectora les había echado un vistazo rápido al revisar el cuarto la primera vez. Ahora las examinó con más atención. Y ahí, en el centro, vio una que despertó su interés: el matrimonio, Erla y Einar, jóvenes y alegres con unos treinta y tantos años; y entre ellos, una adolescente pelirroja y guapa... El semblante de la chica tenía algo que a Hulda le chocó; sí, le recordaba un poco a Unnur, la joven de Gardabær desaparecida. Podría haberse achacado a que Hulda estaba preocupada por ambos casos, mas, sin embargo, sí había cierto parecido: ambas eran pelirrojas, por supuesto, pero era más que eso; en realidad, se parecían bastante.

Pero ¿quién era la muchacha de la fotografía? Tenía que ser la hija del matrimonio, la disposición en la foto lo daba a entender; los dos cónyuges la abrazaban y la primera impresión de Hulda fue que se hallaba ante un retrato de familia.

Y si así era, ¿dónde estaba esa chica ahora?

¿Por qué no la había mencionado nadie?

Jens esperaba fuera bajo la nevada.

—¿Podemos hablar un minuto? —preguntó Hulda, pero el teniente no pareció haberla oído. Ella se acercó y le tocó el hombro. Él dio un respingo—. Quiero preguntarte una cosa.

—Perdona, no te había oído. ¿Entramos?

Ella asintió con la cabeza y regresó al recibidor, agradecida por el cobijo.

—He estado mirando unas fotos ahí dentro, fotos de familia, y he visto una del matrimonio con una adolescente. ¿Tenían una hija?

—Sí —contestó el teniente—. Anna.

A Hulda le pareció que el rostro del hombre se ensombrecía.

—¿Dónde está?

Jens se quedó callado unos segundos.

—Vivía aquí, en la granja más próxima, en la casa que hemos visitado antes —contestó al fin.

—¿Vivía allí? ¿Y dónde vive ahora?

Hulda visualizó el interior de la vieja casa, del hogar que alguien pareció haber abandonado de forma precipitada para no regresar jamás.

—Está muerta —respondió Jens en tono grave.

—¿Muerta? Pero... pero en ese caso debió de morir muy joven —respondió Hulda, intentando mantener la concentración, intentando no pensar en Dimma y notando que su voz estaba a punto de quebrarse.

—Y tanto. Veintipocos, creo recordar. Acababa de volver a casa tras terminar sus estudios preuniversitarios; bueno, tampoco exactamente a casa, sino a la granja de al lado, como he mencionado. Para la gente del pueblo fue toda una sorpresa, ya te digo. La mayoría había dado por hecho que se mudaría a Reikiavik, que haría cualquier otra cosa. Pero el campo tiene su tirón, lo llevaba en la sangre. Recuerdo haberme encontrado con ella poco después de su regreso y estaba radiante de felicidad. Esto era su vida.

Hulda no pudo seguir con la conversación. Tenía la imagen de Dimma en la cabeza. Sabía que, de un momento a otro, las lágrimas se asomarían y solo podría ocultarlas bajo la nevada. Sin embargo, se aclaró la garganta y se obligó a preguntar, tratando de que no le temblara la voz:

—Y... y ¿qué le pasó a Anna?

Necesitaba saber la respuesta.

8

A Unnur la embargaba una auténtica sensación de libertad; era libre como las aves del cielo, no dependía de nadie; todo lo que poseía cabía en su mochila, todo lo que le importaba, al menos. Sus escritos progresaban bien y nadie sabía dónde se encontraba. No se había molestado en informar a sus padres de su próximo destino; no corría prisa. Se había tomado un año de vacaciones de ellos, como de todos los demás. Por supuesto, los quería mucho, pero aquel era su año; iba a arreglárselas sola.

Le había llevado un par de días llegar hasta su destino. Había cogido un autobús en Kirkjubæjarklaustur y había recorrido la costa sur hasta Höfn í Hornafirdi por una de las carreteras más espectaculares de Islandia: al sur no había nada más que el inmenso y plano océano; hacia el norte, el vasto glaciar Vatnajökull, con su irregular perfil picudo y una sucesión de lenguas de hielo que se precipitaban una tras otra hacia la llanura. El pequeño grupo de pasajeros —algunos lugareños y unos cuantos extranjeros— y Unnur habían bajado a maravillarse con la laguna glaciar de Jökulsárlón, de un intensísimo color azul y repleta de icebergs que se empujaban unos a otros. Sin embargo, por impresionante que fuera el paisaje, la experiencia la había hecho sentir más como una turista que como una aventurera. Estaba impaciente por salir de los caminos trillados, con sus famosos puntos de interés, y adentrarse en los solitarios valles del interior, donde las últimas granjas habitadas aún se aferraban a la tierra.

Después de pasar una noche en el albergue juvenil de Höfn, Unnur había continuado su viaje en autobús por la costa este, dejando atrás el glaciar y adentrándose en un nuevo y reverdecido paisaje, compuesto por fiordos y montañas estratificadas, hasta llegar finalmente al pueblo que la mujer había mencionado por teléfono. Desde allí, se había ceñido a su plan de caminar en lugar de intentar que alguien la llevara en coche. Era un día despejado, con esa claridad extraordinaria que solo se encuentra en el otoño islandés, cuando el aire es tan puro y cada cresta y cada barranco se distinguen con tal nitidez que casi se diría que están al alcance de la mano.

La caminata había durado varias horas, pero el ejercicio, junto a la sensación de encontrarse completamente sola, siguiendo una estrecha carretera por el silencioso y deshabitado valle, hicieron que Unnur se sintiera mental y físicamente revitalizada. Había llevado algo para merendar, y se sentó en una roca al borde del camino para reponer fuerzas. Cerca, los montes escarpados se alzaban sobre el verde valle en forma de U, y los únicos sonidos que rompían el silencio eran los lamentos melancólicos de las aves y el murmullo de un arroyo.

Empezaban a dolerle los hombros bajo el peso de la mochila cuando vio la primera casa, pero, por la información que le habían dado, sabía que no era la que buscaba. Siguió adelante; llegó más lejos de lo que habría creído posible, la mochila más pesada a cada paso y las ampollas ardiéndole en los pies cuando, por fin, apareció la granja detrás de una curva de la carretera, completamente sola sobre su montículo, el único edificio visible en el vasto y vacío paisaje. La casa era blanca, con los tejados rojos, y, sin más, Unnur tuvo la impresión de haber llegado literalmente al fin del mundo. Y eso era justo lo que andaba buscando.

Allí podría gozar de paz y tranquilidad, trabajar durante el día y escribir por la noche, sin ningún estorbo externo. Se preguntó si tendrían señal de televisión; esperaba que no, y un vistazo rápido al techo confirmó que no había antena parabólica.

Dos o tres semanas, sí, eso estaría bien. Era lo que había acordado con la señora por teléfono. Una persona afable, a juzgar por su voz y talante. Se llamaba Erla.

Unnur se hallaba frente a la entrada principal. Dudó un instante antes de llamar a la puerta; ese era el momento decisivo, la oportunidad de dejarlo. Mas no había ninguna razón para ello, ¿verdad? Dio unos golpes en la hoja y esperó.

Al abrirse la puerta, la recibió una mujer de mediana edad. Observó a Unnur durante un largo rato, pensativa. Fue como si la estuviera sopesando de arriba abajo.

La mujer rompió el silencio:

—Bienvenida. Soy Erla. Pasa.

Unnur la siguió hasta el salón, donde había una taza de café en la mesa, al lado de un libro abierto.

—Tu cuarto está arriba —dijo la dueña de la casa—. La escalera está ahí delante. —Luego añadió—: Ay, ¡pero qué cabeza la mía! ¿Puedo ofrecerte algo de beber? ¿Un café? No he visto ningún coche. No habrás venido andando, ¿no?

—Pues... sí, la verdad —contestó, titubeante.

—Vaya por Dios. En este caso sí que te vendría bien un café. Te gusta el café, ¿no? —preguntó Erla, y Unnur intuyó que un «no» quedaba descartado como respuesta.

—Por supuesto.

—Siéntate, lo tengo recién hecho en la cafetera.

La joven obedeció, colocó su mochila en el suelo y se sentó en el sofá. Miró la habitación, observó los muebles viejos y algo desgastados, el reloj de pie que parecía haberse detenido y las paredes decoradas con pinturas de paisajes, algo malas, y reproducciones de obras conocidas. Todo estaba un poco anticuado, pero el efecto general era acogedor.

Erla se ausentó para regresar un instante después con el café.

—Aquí tienes, querida; es fuerte, solo y sin azúcar. ¿Quieres leche o azúcar? Puedo traerte ambas cosas.

Unnur negó con la cabeza.

—Así está bien, gracias.

—Debes de estar agotada.

—Ha sido, eh..., una caminata refrescante —contestó Unnur, y dio un sorbo al café; estaba muy cargado.

—Ahora mismo estoy aquí sola —le explicó Erla—. Mi marido ha ido a Reikiavik; viaja a menudo en esta época del año. De modo que hay mucho que hacer; no tendrás tiempo de aburrirte.

—Ah, genial, eso suena bien; lo de tener mucho que hacer, me refiero.

—Me has dicho por teléfono que estabas escribiendo un libro —continuó Erla, mirándola fijamente.

—Sí, es lo que intento, mejor dicho. Le dedico todos los ratos libres.

—Claro, sí; solemos tener mucho trabajo, pero también mucho tiempo libre, porque, una vez acabados los quehaceres diarios, la vida aquí es bastante monótona. Salvo que pienses bajar andando al pueblo cada tarde. —Sonrió—. Está bien tener

algo con lo que entretenerse. —Luego añadió—: Yo leo, ¿sabes?

Unnur asintió con la cabeza.

—Tu cuarto está arriba, como te decía. No es muy grande, pero creo que está bastante bien. Nadie se ha quejado hasta ahora.

—Gracias; estoy segura de que está muy bien. Tampoco necesito lujos.

—Me alegra oír eso. Estoy contenta de tenerte aquí, ya te digo. Este es un lugar solitario y aún lo es más cuando Einar no está. Creo que nos llevaremos bien.

Unnur volvió a asentir.

—Mi cocina es bastante tradicional, comida casera a la antigua usanza. Comida del campo, en realidad. —Otra vez sonrió—. A lo mejor es algo diferente a lo que tú estás acostumbrada en...

—Gardabær —remató Unnur—. Yo nunca he sido quisquillosa con la comida. Y sí, creo que nos llevaremos bien.

9

—Hará ya diez años de aquello, más o menos —dijo Jens, con el ceño fruncido.

Seguían de pie en el recibidor. El teniente de policía había cerrado la puerta y, sin embargo, el frío del exterior se colaba dentro. Hulda notó que la recorría un escalofrío.

El hombre pareció reflexionar unos segundos; luego continuó:

—Sí, justo, hace más o menos diez años que murió la hija.

Hulda se quedó callada, esperando. No confiaba en su voz.

—No tengo el contexto de primera mano, claro, pero, ya sabes, aquí en el campo casi todo acaba por saberse. Como te contaba, la hija regresó al finalizar los estudios y se instaló en la granja de al lado. Erla, por lo visto, se lo tomó muy a pecho.

—¿Ah, sí?

—Se rumoreaba que había enviado a su hija a estudiar lo más lejos posible. Por lo visto, quería que Anna se mudara a Reikiavik. Erla era de ciudad y no se sentía a gusto aquí. Creo que la mayoría de la gente coincidía en eso. Sin duda lamentaba haber salido de la capital y quería asegurarse de que la hija tuviera las oportunidades que ella misma había dejado escapar, ¿entiendes?

—Ya.

—Pero Anna era una chica resuelta; no se dejaba mangonear. Le encantaba la vida en el campo, como a casi todos los que vivimos aquí. De modo que regresó.

Hulda asintió con la cabeza.

—Erla odiaba el aislamiento, el invierno, la oscuridad... Eso se notaba nada más verla. Siempre acudía a la biblioteca antes de que el invierno le cayera encima con toda su crudeza para hacer acopio de libros, y Gerdur, la bibliotecaria, me dijo más de una vez que parecía que estaba atendiendo a una presa camino de la cárcel, dispuesta a afrontar su condena. —Jens hizo una breve pausa—. Probablemente, Erla quería salvar a su hija de semejante existencia, pero en realidad estaba intentando salvarle la vida, a pesar de que ni ella, ni los demás, podrían haberlo sospechado en aquel entonces, ¿entiendes?

Hulda volvió a asentir con la cabeza, pese a no comprender lo que Jens insinuaba.

—¿Fue por Einar? —preguntó, aunque no tenía intención de insinuar nada.

—¿Eh? ¿Por Einar?

—Sí, ¿era porque quería alejar a su hija de Einar?

—¿Te refieres a...? ¡No, por Dios! Einar no era así, en absoluto.

Hulda bajó los ojos. El pensamiento se le fue a Jón y a Dimma, quizá deseando en lo más profundo que la historia de Erla, Einar y Anna, de alguna forma, se asemejara a la de ellos. Para que ella misma no se encontrase tan sola.

—Bueno, como te decía, luego les golpeó la desgracia. —Jens bajó la voz, como si fuera una historia que preferiría no contar—. Era invierno, claro. —Suspiró—. Los inviernos de aquí son muy largos, como te imaginarás. Largos y blancos. Ocurrió en diciembre, de hecho justo antes de las Navidades, con un tiempo de mil demonios; había nevado sin parar.

A Hulda le resultó fácil hacerse una idea de las circunstancias, le bastaba con echar un vistazo fuera e imaginarse un poco más de nieve.

—Anna estaba aquí con sus padres cuando aquello sucedió. Había venido a visitarlos antes de que el tiempo empeorara y se quedó atrapada. Fue bajando al sótano cuando resbaló en una placa de hielo en la escalera, cayó de espaldas y se golpeó la nuca contra el borde de uno de los peldaños de hormigón. El matrimonio no presenció el accidente, pero fue Erla quien la encontró, al parecer poco después de que se cayera. Para entonces la chica estaba inconsciente, pero aún con vida, aunque había perdido bastante sangre. Por supuesto, llamaron de inmediato a una ambulancia...

El teniente guardó silencio unos segundos. Hulda pensó que lo más sensato era no meterle prisa.

—Recuerdo... —continuó él, por fin, con la mirada perdida—. Recuerdo tan vivamente cómo Erla describió aquello... No se atrevieron a moverla, sentados en la nieve junto a la muchacha, casi viéndola morir. Tardó mucho tiempo. Intentaron detener la hemorragia; recibieron instrucciones por teléfono y lo consiguieron hasta cierto punto, pero no bastó. Erla dijo que había estado sentada allí una eternidad, del todo impotente. El caso es, como digo, que...

Ahora Hulda remató, permitiéndose adivinar lo que seguía:

—... que la ambulancia no pudo llegar hasta ellos por la nieve.

—Exacto, exacto. Aunque al final sí lo consiguió, pero para entonces era tarde. Incluso probaron a enviar un helicóptero, pero esa decisión también se tomó demasiado tarde. Anna ya había muerto cuando por fin la ambulancia logró subir. Lo lamentable fue que podrían haberle salvado la vida si los cuidados de un médico hubiesen llegado antes.

—El aislamiento la mató —dijo Hulda a media voz.

—Sí, y eso es lo que siempre pensó Erla, tengo entendido. Creo que poco a poco fue cogiendo aversión a la vida de aquí, si no la tenía ya incluso antes de lo que pasó, así que es fácil imaginarse su actitud tras la muerte de Anna. Pero, en lugar de largarse, continuó resistiendo, viviendo aquí con su Einar, aunque cambiada a raíz de aquello. Empezó a actuar de un modo muy raro.

—¿En qué sentido?

—Por ejemplo, parecía que se negaba a afrontar lo que había ocurrido. Por supuesto, no sabemos cómo se comportaba en casa. Einar nunca dijo nada al respecto. De todas maneras, él nunca decía gran cosa, dejaba que sus obras hablasen por él y jamás se habría puesto a chismorrear sobre su mujer. Ella, en cambio, venía a menudo al pueblo y muchas veces hablaba de Anna en presente. Eso he oído de diferentes fuentes, de la biblioteca, de la tienda y más sitios. En ocasiones incluso decía que Anna estaba a punto de llegar, o que había ido a hacerle la compra, y cosas por el estilo. Pocos se molestaban en contradecirla o intentar corregirla, y creo que a partir de aquello vivió creyendo que Anna no había muerto. Que, lisa y llanamente, se fabricó su propia realidad, en la que vivía, en paralelo a la realidad auténtica. —Tras un instante añadió—: ¡Y quién podría culparla!

Hulda se había esforzado en seguir el relato

con atención y profesionalidad, pero cada vez que le oía mencionar a Anna se le aparecía la imagen de Dimma. Y ahora solo podía pensar en la aterradora posibilidad de que ella, Hulda, acabara yéndose por los mismos derroteros que Erla, que buscase refugio en algún recoveco de su mente para librarse —siquiera durante un momento— del dolor que la había perseguido como su sombra desde aquel terrible instante del día de Navidad.

10

Sus recuerdos del entierro de Dimma estaban en parte envueltos en la niebla y en parte demasiado nítidos, como si reflejaran su deseo simultáneo de recordar y olvidar. Fue el día más difícil de su vida. El tiempo acompañaba, como sumándose al duelo: hacía un frío desgarrador en aquel penúltimo día del año, con chubascos de nieve y viento fuerte; un típico día de invierno. Se había reunido con el sacerdote dos días antes, con la intención de repasar con él los puntos principales de la vida de su hija, pero aquel encuentro tuvo un final abrupto cuando Hulda se derrumbó, demasiado abrumada por el dolor como para seguir adelante. No conocía al reverendo pastor; la familia no había sido muy de misa, por lo que le cayó en suertes a un desconocido ocuparse de las exequias. No es que aquello tuviera importancia. Ya nada la tenía.

El desconocido pronunció un elogio fúnebre,

pero Hulda no se acordaba de lo que había dicho; no logró prestar atención. Sin querer, su pensamiento había volado al panegírico de su propio funeral, a cómo sería.

Durante la ceremonia estuvo sentada al lado de Jón y, sin embargo, entre ellos se levantaba un grueso muro invisible. Ambos sabían que toda la responsabilidad de la muerte de su hija era de él; lo que le había hecho era tan imperdonable que no se podía ni poner en palabras.

A veces Hulda deseaba que Dimma hubiera dejado una carta de despedida, algún tipo de mensaje, pero, por otro lado, sentía cierto alivio por que eso no hubiese sucedido. Esa carta sin duda habría sido un veredicto de condena para los dos: para Jón por su crimen y para ella por su desidia.

Mientras descendían el ataúd a la tierra en aquel día de frío intenso, las lágrimas de Hulda derritieron la nieve y el aullido del viento se hizo eco del grito en su interior.

11

Ya era casi medianoche cuando Hulda y Jens llegaron de vuelta al pueblo en el todoterreno patrulla. Seguía nevando, pero los copos eran más líquidos y no cuajaban, así que la carretera estaba algo más transitable.

La inspectora tenía la mente puesta en Unnur, la chica desaparecida, intentando convencerse a sí misma de que seguía con vida, de que sería posible salvarla. Sencillamente necesitaba creérselo.

Temía la noche que la aguardaba. Las noches eran lo peor. Dormía poco y mal, aunque lo más duro eran las horas que pasaba despierta, con la cabeza apoyada en la almohada sin poder pegar ojo, sola con sus pensamientos. Era en esos instantes cuando estaba más cerca de derrumbarse, de tirar la toalla.

Y ahora la noche se aproximaba con inexorable velocidad. Hubiera preferido seguir en el lugar de los hechos, esperando alguna novedad, sentada de charla con Jens. Así incluso podría echar alguna que otra cabezadita para recargar fuerzas.

—¿Ya te vas haciendo alguna idea de todo esto? —preguntó Jens, superando apenas su voz el ruido del motor y el fragor de la tormenta.

Hulda tuvo que admitir que quedaban muchas cosas en el aire. A juzgar por el panorama en el lugar de los hechos, se podía prácticamente afirmar que una tercera persona había dado muerte al matrimonio, al margen de los sucesos que condujeron a ello. También parecía obvio que alguien se había quedado con ellos en su casa durante las Navidades. Tuvo que ser Haukur Leó, ¿verdad? Si no, ¿qué demonios pintaba su coche justo al lado todo ese tiempo? Pero ¿dónde se había metido él? ¿Y por qué había viajado hasta allí poco antes de las Navidades?

Unnur.

No podía haber ninguna otra razón. Estaba buscando a Unnur.

Pero ¿por qué allí?

¿Tenía ella algo que ver con el matrimonio? Nada de esa índole había salido a la luz durante la investigación en su día, y eso que la búsqueda había sido exhaustiva y se habían tomado en consideración todas las pistas.

No, seguro que no había ninguna conexión, salvo quizá el hecho de que el matrimonio tenía una hija que se parecía bastante a Unnur; mucho, en realidad. ¿Había alguna posibilidad de que fuesen parientes?

Debía llamar a la madre de Unnur cuando regresara al pueblo, a pesar de lo tarde que era. Posiblemente ella pudiese arrojar alguna luz sobre qué había llevado a Haukur Leó hasta una granja remota en el este de Islandia, a más de seiscientos kilómetros de casa. Y, por supuesto, tenía derecho a saber que habían encontrado el automóvil de su marido.

Hulda estaba sentada en su cama, en la pequeña pensión donde le habían conseguido alojamiento. Era un sitio limpio, aunque también bastante frío, como si el propietario fuera demasiado agarrado para calentar las habitaciones como Dios manda.

Había buscado el número de la madre de Unnur en la guía telefónica. Después de sentarse un rato y prepararse mentalmente, lo marcó. Pasó un buen rato hasta que por fin obtuvo respuesta; a juzgar por la voz, había despertado a la pobre mujer.

—Hola, buenas noches. Soy la inspectora Hulda Hermannsdóttir.

En realidad, no hacía falta una presentación tan formal, dadas las numerosas visitas que había hecho a la casa del matrimonio durante los primeros días de la búsqueda de Unnur.

—¿Hulda? Hola...

Notó que su interlocutora se quedaba sin aliento.

—Perdona que llame tan tarde. Es respecto a tu marido, Haukur Leó... Hemos encontrado su todoterreno.

—¿Cómo? ¿Que habéis encontrado su coche? Pero él... ¿a él lo habéis encontrado?

—No, todavía no. Saldrá una partida de búsqueda mañana por la mañana.

—¿Y dónde? ¿Dónde estaba el coche? —preguntó la mujer, sin apenas poder articular las palabras entre los sollozos.

—En el este de Islandia —contestó Hulda para luego dar una descripción más detallada del lugar.

La perplejidad de la mujer era patente.

—¿Cómo?... ¿Por qué?... ¿Qué demonios hacía allí?... Yo... Es que no lo entiendo...

—¿Alguno de vosotros tiene algún vínculo con esta zona? Encontramos el coche cerca de la granja de un matrimonio: Einar y Erla. ¿Te suenan esos nombres?

—Nosotros... nosotros no tenemos familia en el este. Nunca he oído hablar de esa gente.

—Es útil saberlo. Nos estamos partiendo el espinazo en un intento de arrojar algo de luz sobre el asunto. El vehículo podría llevar aquí desde las Navidades pasadas.

—¿Y Unnur...? ¿Hay algo...?

—Hasta ahora no hay nada que indique que

Unnur haya estado aquí —dijo Hulda—. Pero, por supuesto, intentaremos verificar esa posibilidad.

—Sí... Vale... ¿Te puedo llamar si...?

—Puedes localizarme a través de la comisaría de aquí. De todos modos, te informaré en cuanto tenga noticias. —Hulda le dio el número de teléfono.

—Vale... vale... Gracias... —La mujer dejó escapar un suspiro tembloroso.

—Adiós. Te mantendré al tanto.

Hulda se tumbó en la cama y, en cuanto cerró los ojos, vio la imagen de Dimma.

Presentía que no iba a pegar ojo en toda la noche y tenía la certeza de que lo mismo le pasaría a la madre de Unnur.

12

Tal y como temía, Hulda apenas había dormido antes de que la despertara el teléfono de la mesilla de noche, al alba.

—Hulda —era el teniente Jens—, espero no haberte despertado. Han descubierto algo un tanto extraño detrás de la casa. Los chicos han encontrado una pala. Estaba oculta bajo la nieve, pero parece que alguien estuvo cavando allí.

—¿Qué dices? ¿Y sabemos por qué?

—No, estamos trabajando en ello. El suelo está congelado, claro. Quienquiera que intentase cavar allí no habría llegado muy lejos.

—¿Crees que alguien iba a enterrar los cuerpos? —preguntó Hulda.

—O eso, o trataba de desenterrar algo —repuso el teniente de policía, en tono grave—. No sé si te acuerdas, Hulda, pero en el sótano había unas palas amontonadas de cualquier manera en uno de los rincones, aunque las demás herramientas estaban bien colocadas. Era como si alguien hubiera agarrado una pala con mucha prisa, provocando que las restantes se cayeran.

Hulda guardó silencio. Debía intentar encajar mejor todas las piezas. Aún no tenía una visión completa, pero saldría a la luz si se tomaban en consideración todos los fragmentos.

13

Unnur estaba sentada en su cuarto arriba, en la buhardilla. Ya era tarde y fuera reinaba la más completa oscuridad; en esa época del año oscurecía incómodamente pronto. Seguía trabajando en su novela, sin estar del todo segura de si iba en la buena dirección, pero eso podría arreglarlo más adelante. No tenía intención de dejar que nadie leyera el texto todavía; y en todo caso, en aquella granja remota solo estaban ellas dos. El marido de Erla, Einar, continuaba en Reikiavik.

—Anna —escuchó llamar a Erla desde el salón abajo—. Anna, el café está listo.

Unnur dio un pequeño respingo. ¿Había llegado una visita? ¿Alguien que ella no había oído venir?

—¿Anna? —volvió a llamar la otra; esta vez, un poco más alto.

Unnur se levantó de su escritura, decidida a echar un vistazo abajo, pero dudaba. ¿Debería que-

darse quieta e ignorar aquello? Porque habría jurado que no había nadie más en la casa, aparte de ellas dos.

Erla gritó de nuevo:

—Anna, ¿vienes ya?

Unnur salió de la habitación y bajó las escaleras. Estaba ya en el último peldaño cuando se encontró cara a cara con Erla.

—¿Qué estabas haciendo ahí arriba? ¿Por qué no estabas en tu cuarto? —preguntó Erla, y sonrió.

Sostenía una taza de café en la mano y parecía del todo calmada.

Unnur sintió cómo se le congelaba la sangre en las venas.

—Erla... Yo...

—Bueno, ven. Vamos a tomarnos un pastelito. Quizá podamos jugar a las cartas, ¿no? También tengo refrescos en la nevera. Estaría bien acabarlos antes de que vuelva tu padre. A él no le convienen.

Y volvió a sonreír.

14

Unnur se había rendido en sus intentos de forzar su salida del salón. Aquella mujer, Erla, le daba pánico. Había cierto centelleo en sus ojos, algo que daba a entender que sería capaz de cualquier cosa. Por alguna razón, Erla siempre la llamaba «Anna» y se enfurecía cuando la joven trataba de explicarle que no sabía quién era esa Anna, que ella se llamaba Unnur y solo era una chica de Gardabær en un viaje por el país.

Y entonces, una mañana, Unnur se despertó al oír que cerraban la puerta de su habitación desde fuera.

—Anna, no puedo dejar que te vayas —le había dicho Erla una y otra vez.

Unnur se agarraba a la esperanza de que Einar la salvara, si es que en efecto existía. Hasta que él regresara, calculó que su mejor opción era quedarse quieta. Erla le daba de comer y la dejaba ir al baño, pero le había dado por armarse con un cuchillo para obligarla a volver a su habitación, donde luego la encerraba bajo llave.

Huelga decir que no era eso lo que Unnur había planeado. Su viaje de aventuras se había convertido en una película de terror.

De todos modos, ella era dura de carácter y no pensaba venirse abajo. Tenía que seguir siendo fuerte. Escribía y escribía; la novela avanzaba a buen ritmo. Albergaba la esperanza de que todo aquello acabara bien, aunque en el fondo de su corazón estaba muerta de miedo. Se le había pasado por la cabeza intentar salir corriendo la próxima vez que Erla abriera, pero no tenía claro que fuese a ser capaz de lograrlo. La única forma de abandonar la granja era la carretera que conducía al pueblo, pero era una opción demasiado obvia, y tal vez aquella mujer estuviese en buena forma y pudiese alcanzarla corriendo; además, en las proximidades no había vecinos a quienes acudir pidiendo auxilio. Aunque apenas era otoño, el clima se había vuelto gris y lúgubre, con interminables días de lluvia helada e implacable. Estaba en medio de la nada, y solo pensar en aventurarse sola por la agreste naturaleza circundante le daba terror, temía perderse y morir de frío.

Había decidido, por si acaso, escribirles una carta a sus padres. Le quedaban suficientes hojas en el cuaderno y guardaba algunos sobres en la mochila; había tenido la intención de enviarles no-

ticias de vez en cuando durante el viaje. Una vez escrita, metió la carta en un sobre y la escondió entre unos libros en el estante, donde esperaba que Erla no la encontrara. Si todo acababa de la peor manera, tal vez al final llegase a sus padres...

15

Hulda había desayunado en el hostal, junto con sus colegas de la Científica, que habían examinado el lugar de los hechos. Jens se había unido a ellos y daba sorbos a un café solo. Más que nada habían dejado que reinara el silencio, aunque de vez en cuando hacían algún que otro comentario sobre el caso. Hulda tenía una fuerte sospecha de lo que podía ocultarse en el suelo detrás de la casa, pero quiso evitar ponerlo en palabras, como si pudiera retrasar lo inevitable solo con no hablar de ello.

—¿No deberíamos irnos ya? —preguntó Jens, con voz queda.

Ya eran las ocho y pico. Hacía una hora larga desde que había despertado a Hulda con aquella llamada. Y en ese instante la inspectora oyó cómo sonaba un teléfono en la recepción. Esperaba que la llamada no fuera para ellos.

Asintió con la cabeza, aunque no le gustaba en

exceso la idea de subir al escenario de los crímenes después de aquel último hallazgo.

—Sí, deberíamos ir saliendo. Ya habrán empezado la búsqueda de Haukur Leó, ¿no?

—Supongo que sí. Y seguramente siguen también excavando en la granja.

—Disculpa, Jens. Hay una llamada para ti —interrumpió el dueño de la pensión, quien se había acercado sin hacer ruido.

—¿Para mí?

Jens se levantó de la silla, con estrépito. Hulda se quedó clavada en su asiento, oyendo el rumor de la conversación telefónica a lo lejos.

El teniente regresó al poco rato.

—Han encontrado un cadáver detrás de la casa —anunció.

Hulda no abrió la boca. Estaba casi segura de lo que seguiría.

—Creen que es la chica desaparecida, Unnur.

Hulda se sintió invadida por la desesperación. Se había agarrado a la esperanza de poder salvar a Unnur, aunque quizá en el fondo siempre había sabido que no era más que una quimera. Aun así, casi sintió que estaba reviviendo los sucesos de las Navidades.

Alguien la había asesinado, de eso estaba segura, pero tenía la corazonada de que quien lo hubiera hecho ya había pagado el precio.

Al llegar Hulda y Jens a la granja, les informaron de que el examen preliminar del cuerpo de la joven había revelado lesiones compatibles con una muerte violenta.

Seguía nevando y, si acaso, el viento había arreciado; hacía un frío desgarrador que volvía imposible quedarse más de unos pocos minutos fuera.

La casa presentaba otro aire bajo la claridad matutina. Sin embargo, Hulda no tenía ninguna intención de volver a entrar si podía evitarlo. Le habían enseñado el cuerpo y la espantosa tumba. El cadáver ya había sido trasladado dentro de la casa para protegerlo de los elementos.

De modo que era ahí donde Unnur había estado todo ese tiempo: en una tumba anónima, en un sitio donde a nadie se le habría ocurrido buscarla nunca.

Hulda se preguntaba si se podría haber hecho algo de otra manera durante la investigación el otoño pasado. ¿Se quedaron sin levantar algunas piedras que posiblemente habrían podido llevarla por la pista correcta? Y, aun así, a lo mejor no habría tenido importancia alguna; a lo mejor para cuando empezó la investigación la muchacha ya estaba muerta.

Se recordó a sí misma que debía de haber alguna pista que se le había pasado por alto, ya que de algún modo el padre de la chica había sabido llegar hasta allí.

¿Cómo diablos lo había conseguido?

¿Habría tenido Haukur Leó alguna implicación en su muerte? ¿Entraba eso dentro de lo posible?

—Hay que ver cómo se está complicando esto. Nunca había visto nada igual —murmuró Jens al abrigo del jeep patrulla donde se encontraban. Resopló—. Y encima en mi territorio —añadió.

Un médico, que había acudido al lugar en ambulancia, había dicho que era del todo imposible que la chica hubiera fallecido al mismo tiempo que el matrimonio y que a buen seguro su muerte había tenido lugar muchas semanas, incluso meses, antes. Eso se determinaría en posteriores exámenes. Así pues, Hulda descartaba por el momento la posibilidad de que Haukur Leó los hubiera matado a los tres: a Einar, a Erla y a su propia hija. Esa idea era absurda lo mirara por donde lo mirase: él tenía que haber llegado allí justamente para buscarla a ella.

Y no se podía ignorar la pala hallada en el patio trasero de la casa; alguien había estado intentando excavar en la tierra, sin mucho resultado. Una pala por sí sola no servía de nada contra un suelo convertido en un témpano de hielo.

Una historia iba tomando forma poco a poco en la mente de la inspectora. Unnur, que había planeado pasar un año viajando por Islandia, debió de tropezar con aquella granja apartada, sin sospechar otra cosa que una agradable estancia. Hulda recordó lo que había dicho Jens de que la pareja a veces acogía a jóvenes que trabajaban a cambio de alojamiento y comida. De alguna manera, sin embargo, el viaje se había convertido en una pesadilla.

—La pobre chica... —dijo Hulda al final, tras un largo silencio.

—Él la estaría buscando, ¿verdad? El hombre del Mitsubishi buscaba a su hija...

Hulda asintió.

—Y el resultado ha sido un baño de sangre.

—A lo mejor no quisieron decirle dónde se encontraba su hija —dijo Hulda, pensativa—. O tal vez... —agregó, más para sí misma que para Jens—. O tal vez admitieron que la habían matado y le dijeron dónde estaba... Es imposible predecir cómo reaccionaría alguien ante semejante noticia. Incluso gente de lo más corriente puede... puede perder el control, Jens, en circunstancias extraordinarias como esa.

16

—Erla, tienes que decirme qué le pasó —dijo Leó, y ella pudo notar el miedo y la desesperación en su voz.

Aunque justo en ese momento debería haber sido Erla quien estuviese muerta de miedo. Y lo estaba.

—¿Qué...? ¿Qué...?

Le costaba enhebrar una frase cabal; en realidad, le costaba idear un pensamiento cabal. Aquella maldita bruma que continuamente la ofuscaba.

—Sabes a qué me refiero, Erla. ¡Esto se acaba aquí y ahora! ¡Tengo que encontrarla! ¡Tienes que decírmelo, Erla!

Pero la mujer se limitó a seguir allí de pie, con el cuerpo rígido. Él la soltó y ella retrocedió unos pasos, aun a sabiendas de que estaba indefensa, acorralada como un animal enjaulado.

—Todo se... todo se me ha ido de las manos,

¿entiendes? No iba a... no iba a herir a tu marido —continuó él.

—Ha muerto —dijo ella a media voz, y de nuevo notó las lágrimas correr por sus mejillas.

Sus palabras no iban necesariamente dirigidas a Leó; solo precisaba decirlo en alto para recordárselo a sí misma, para conseguir diferenciar entre la realidad y sus imaginaciones. Einar estaba muerto. Sabía que eso era real; ya lo sabía. Y Anna... Su Anna... También estaba muerta. Parecía como si un velo se hubiera levantado; ahora lo entendía mejor, lo recordaba todo muy bien. Y las lágrimas eran por los dos.

—Sí, pero ha sido un accidente, Erla. No era mi intención hacerle daño. Él llevaba un cuchillo y yo estaba muy asustado. Y todo se me ha ido de las manos. Temía que fuera a apuñalarme... Nunca en la vida he hecho nada semejante, pero ha sido en defensa propia, solo en defensa propia...

Erla asintió con la cabeza. Nada iba a traer de vuelta a Anna y a Einar jamás.

Y ahora también tenía que afrontar las consecuencias de sus propios actos. Tal vez lo mejor fuera contestar a las preguntas del hombre mientras pudiera, mientras recordara... Porque ahora se acordaba de muchas cosas que había intentado olvidar. Ahí, en la oscuridad, miraba a los ojos a la muerte y a la verdad.

—¿La estás buscando? ¿A Unnur? —preguntó sin reflexionarlo más.

—¡Sí, sí! ¡Joder! Estoy buscando a mi hija. Tú sabes dónde está, ¿verdad?

—Vino aquí, para trabajar.

—Lo sé. Me envió una carta. No llegó hasta poco antes de las Navidades. La carta que tu marido decía haber encontrado y echado a correos, me imagino.

Erla hizo un gesto de asentimiento y dijo:

—Exacto, no me había enterado... Sencillamente, no me había enterado...

—¿Qué fue de ella?

—Einar no lo sabía. No tenías por qué haberlo matado.

—¡Ha sido un accidente! ¡Lo juro!

—Y yo no iba a hacerle nada a ella, yo...

Entonces él volvió a agarrarla, esta vez por el cuello. Ella no se resistió, a pesar de que sentía cómo apretaba y de que le costaba respirar. Pero era una buena sensación, no deseaba afrontar nada... Nada, en absoluto.

—Erla, ¡dímelo! ¿Sigue viva?

Ella lo miró directamente a los ojos, sintiendo, sin embargo, cómo disminuían sus fuerzas. Había una chispa de esperanza en la mirada del hombre, que aflojó un poco el agarre.

Ella apagó esa chispa:

—No, murió. Lo siento.

Él apretó de nuevo, aún más fuerte.

—Es que no quería que se marchara. Iba a abandonarme, Leó. Otra vez. A abandonarme de nuevo, mi Anna.

—¿Quién es Anna? ¿Estás loca? ¿Por qué crees que Unnur era ella? —Volvió a relajar su agarre, lo suficiente para que ella hablara.

—Anna era mi hija. Unnur vino porque mi Anna se fue. Se parecían tanto... A veces creía que Anna había vuelto, casi estaba convencida. Pensé que me habían dado otra oportunidad. Me alegré mucho, aunque tampoco lo entendía del todo. Einar estaba fuera y, a veces, sencillamente, me supera estar aquí sola y me pierdo un poco..., y es que creía que ella era mi Anna. ¡Y luego quería marcharse! Quería alejarse de mí otra vez, pero yo no podía volver a perderla. Le prohibí que se fuera. Inspiró hondo, mientras pudo—. Y pasó sin más. Hubo una pelea, eso lo recuerdo, y luego, de repente, ella había muerto. Se murió y me dejó de nuevo. Creo recordar que había sangre, aunque todo está muy borroso... Más tarde tiré su equipaje al mar, cuando tuve oportunidad, cuando bajé al pueblo a por más libros de la biblioteca...

Sus dedos volvieron a tensarse. Luchando por respirar, añadió, con voz estrangulada:

—Sabía que la buscabas. Lo presentí en cuanto llegaste. Y aun así, en realidad, casi había olvidado todo aquello. No quería recordar...

Ahora él volvió a apretar más.

—¡¿Dónde está mi hija?! ¿Cómo fuiste capaz de matarla? ¿Cómo fuiste capaz de hacerlo? —A Leó se le quebró la voz y las últimas palabras le salieron guturales por las lágrimas—: ¿Dónde está?

—La enterré aquí detrás de la casa, al lado de las hortalizas... No tuve otro remedio. Einar no podía saber nada.

El agarre mortal volvió a estrecharse en torno a la garganta de Erla y pudo sentir cómo se desvanecía su consciencia.

No pudo aguantar más.

17

Hulda vio que uno de los miembros del equipo de rescate —uno a quien no conocía— venía corriendo bajo la nevada en dirección al todoterreno policial. Le dio unos golpecitos con el dedo a Jens, que no lo había visto, y luego abrió la puerta y salió al frío.

La voz del hombre denotaba mucha impresión cuando, al fin, habló entre jadeos:

—Lo hemos... —Tomó aliento—. Lo hemos encontrado, creo que lo hemos encontrado.

El primer pensamiento que se le pasó como un rayo por la cabeza a Hulda fue: «¿Cómo diablos voy a contarle esto a su mujer? Que hemos encontrado tanto a su marido como a su hija, y que ambos han muerto...».

Le angustiaba tanto esa llamada que incluso se le ocurrió tratar de adjudicársela a otro. No aguantaba más desgracias, más pesadumbre.

—¿Muerto? —preguntó, aun cuando era obvio.

—¿Eh? Sí, sí, claro. El cadáver de un varón. Os llevaré allí. No está tan lejos de la granja. Creemos que se desorientó y echó a andar en la dirección contraria. Tal vez caminaba en círculos, suele pasarles a las personas sin experiencia.

Jens también se había apeado del coche.

—Te seguimos —le dijo al rescatador en un tono inusualmente decidido.

Hulda estaba de pie bajo la nevada, dando gracias a Dios por la compañía del equipo de rescate, pues, de haber estado sola, jamás habría sabido llegar de vuelta a la casa. La nieve hacía que el panorama fuera el mismo, miraras donde mirases; blancura y grisura. Allí resultaba espantosamente fácil perderse y así había encontrado Haukur Leó su destino, sin duda.

Solo, a merced de una tempestad, lejos de todo.

Y con toda probabilidad con dos asesinatos sobre la conciencia.

Su cadáver yacía sobre la nieve; la mochila, a poca distancia.

Era terrible pensar en su mujer aguardando en casa. Por otro lado, no se podía obviar que, si hubiera vivido, a buen seguro habría tenido que responder ante la justicia por dos homicidios.

El hombre era prácticamente un desconocido para Hulda, aunque se había reunido con él varias veces en relación con la investigación, en momentos difíciles en su vida y la de su mujer. Y, aun así, le parecía que en un nivel más profundo lo conocía bien. Al ver su cuerpo inerte, la invadió un fuerte sentimiento de empatía. En un breve lapso de tiempo, aquel hombre había tenido que experimentar una tragedia indescriptible, se había visto envuelto en aquellos acontecimientos traumáticos y había perdido la vida sin encontrar a su hija, aunque parecía que sospechaba dónde estaba enterrada.

Tal vez había asesinado a dos personas y, sin embargo, a Hulda no le dio la sensación de que estuviera contemplando el cadáver de un asesino a sangre fría.

La vida no resulta tan simple; la línea entre el bien y el mal no es tan nítida.

—Hay dos o tres cosas que tenemos que enseñarte —le dijo a Hulda uno de sus compañeros de la Científica.

El cuerpo de Haukur Leó había sido retirado del lugar de los hechos para su examen, así como su mochila. La inspectora y su compañero se encontraban sentados dentro de la casa del matrimonio muerto. Había caído la noche, con una ligera mejora del tiempo; aunque el viento seguía soplando con fuerza, al menos la nevada había parado.

—Hemos encontrado un cuchillo en su mochila, con manchas de sangre. —Le enseñó el cuchillo, ya metido en una bolsa de plástico transparente.

—Supongo que hay muchas probabilidades de que sea el arma que mató a Einar —dijo la inspectora.

—Bueno, aún tenemos que analizarlo con más detalle, por supuesto, pero entre tú y yo, creo que resulta obvio, en vista de las circunstancias.

Hulda asintió con la cabeza.

—Luego tenía un llavero, con las llaves de esta casa.

—Tres cosas, has dicho, ¿no?

—Sí. —Le entregó otra bolsa de plástico—. También había esta carta. Creo que te resultará interesante.

18

Queridos mamá y papá:

Tengo mucho miedo. Ojalá estuviera en casa con vosotros.

Tal vez esta carta no llegue a su destino, pero no conozco ninguna otra manera de haceros llegar un mensaje. Voy a esconderla aquí, entre unos libros.

Espero que luego pueda llevarla conmigo si logro salir de aquí.

Me ha encerrado bajo llave. Se llama Erla y vive aquí. Estoy en el este. Incluyo en el sobre la hoja del anuncio que encontré en un kiosco de Kirkjubæjarklaustur; en ella hay instrucciones de cómo llegar. Esto está en medio de ninguna parte, y la mujer se ha vuelto loca por completo.

Estoy encerrada en una habitación de la buhardilla.

Me llama Anna todo el tiempo. No me deja

marcharme. No sé por qué; yo no le he hecho nada.

Sé que no queríais que me fuera a este viaje y me arrepiento de no haberos hecho caso. No me atrevo a intentar huir; amenaza con matarme. Dice que no quiere perderme.

También sé, por supuesto, que seguramente nunca vais a ver esta carta, pero me siento un poco mejor por el solo hecho de escribirla. Me siento como si estuvierais conmigo, como si fuerais a salvarme.

19

Haukur Leó creyó haber encontrado el sitio más probable. Detrás de la casa, bajo la nieve, parecía haber una especie de huerta de hortalizas.

Había emprendido ese viaje para buscar a su hija, temiendo no encontrarla, aunque temiendo todavía más terminar obteniendo alguna confirmación de su muerte. Pero necesitaba saber la verdad; y su mujer, también... No habían hablado de otra cosa desde la desaparición de Unnur, anhelando descubrir lo que había pasado.

Se decían el uno al otro que era mejor saber lo peor que temerlo, mas en ese momento, a la hora de la verdad, él no estaba seguro de si era un acierto. Ahora sabía, o creía saber, que Unnur no solo estaba muerta, sino que había sido asesinada, y esa sensación era tan horrenda que le costaba pensar con lógica, le costaba mirar hacia delante. Era como si hubieran quitado el suelo debajo de sus pies, como si él hubiera cambiado, convirtiéndose en otra persona. Era un buen hombre, lo había sido, pero la desesperación lo había transformado... Cuando la carta llegó por correo, no daba crédito a sus ojos. Estaba en casa cuando entró por la ranura postal; ya había empezado a trabajar bastante más en casa que antes, le costaba estar entre los demás en el bufete. Cuando llegó la carta, la de Unnur, justo antes de las Navidades, le pareció del todo irreal.

Por un segundo creyó que Unnur estaba viva, que la pesadilla tocaba a su fin, que tal vez le había ocurrido algo pero que ahora les estaba escribiendo para hacerles saber que se encontraba sana y salva. Por poco saltó de la silla para correr al teléfono y llamar a su mujer, pero entonces se fijó en la fecha de la carta.

Y en ese momento fue como si el tiempo se detuviera. Sintió mareos, se quedó sin fuerzas. Le costó seguir leyendo, pero al final lo hizo. La carta era un grito de socorro, pero Unnur no tenía posibilidad de echarla a correos.

Quedaba claro por la carta que estaba muerta de miedo. Haukur Leó había leído la misiva una y otra vez, invadido por una incontrolable ira hacia aquella mujer. La carta estaba fechada a principios del otoño, al poco tiempo de que hubiesen perdido el contacto con su hija. Desde entonces no habían vuelto a saber nada más de ella.

Recordó que Einar había mencionado como de

pasada que había echado una carta a correos, creyendo que la había escrito uno de los chicos que se alojaron con ellos en verano. Pero debía de ser la carta de Unnur. Para Leó saltaba a la vista que Einar no tenía ninguna culpa en todo lo que había pasado, ni siquiera sabía que Unnur se había alojado en la casa.

Una vez leída la carta, Haukur Leó había decidido ir personalmente a buscar a su hija. No se lo pensó dos veces, y ahora, claro, sabía que había tomado una decisión equivocada, que debería haberse puesto en contacto con la policía. Había preparado la mochila teniendo cuidado de meter también su cuchillo de caza —mejor estar listo para cualquier eventualidad—, así como una brújula y algo de dinero. Su hija había incluido en la carta un papel con instrucciones detalladas de cómo encontrar el sitio. Y luego había salido pitando en su todoterreno, al frío invierno, sin ni siquiera hablarlo con su mujer. Su relación también se había ido llenando de silencios. Él ya tenía pocas cosas de las que hablar. ¿Qué mosca le había picado?

Aparte de no querer crearle falsas esperanzas a su esposa, había deseado tener la oportunidad de ajustar cuentas con aquella granjera. Estaba tan furioso... Y seguía estándolo. Enfurecido. En realidad, apenas se podía poner ese sentimiento en palabras. Ya ni siquiera se reconocía a sí mismo.

El viaje hacia el este había ido a pedir de boca, a pesar de las condiciones viarias invernales. Había conducido, con mucho, por encima de la velocidad permitida durante todo el camino. Tal vez habría sido mejor que alguien lo hubiera parado. En ese caso, se habría visto obligado a informar a la policía sobre el carácter de su viaje, logrando así recuperar el norte...

Y después había llegado al desvío hacia la granja. A medida que avanzaba por él, cada vez era más difícil circular; al principio había resultado más o menos aceptable, pero luego, de golpe, empeoró, por lo que probó a ir por otra ruta, y fue una temeridad que acabó con el todoterreno atascado en la nieve. A partir de ahí, no tuvo más remedio que seguir a pie. Iba bien equipado y sabía más o menos cuánto faltaba para llegar la granja. Solo tenía que seguir las balizas. Eso, no obstante, resultó más fácil de decir que de hacer; las estacas distaban mucho entre sí, y con peor clima podría haberse perdido, pero por fortuna consiguió llegar al final. Primero se topó con una casa abandonada. Durante un rato creyó haber llegado a su destino, aunque enseguida se dio cuenta de que allí no vivía nadie y también de que había cubierto menos trecho del que había calculado. Al fin alcanzó la casa, que se reveló ante sus ojos, iluminada en la nieve; habría parecido como sacada de una felicitación navideña si no hubiese sido porque sabía que ahí había pasado algo terrible. Lo único que ignoraba era si Unnur estaba viva o muerta. Esa era la gran pregunta. Por eso había tenido que abordar a los granjeros con pies de plomo; intentar valorar las circunstancias antes de plantear el motivo de su visita. Antes de plantearles sus acusaciones. Por pura torpeza les había dado su verdadero nombre, el segundo nombre de pila, el que usaba normalmente. Aun así, era probable que no importara, porque su hija llevaba el patronímico Hauksdóttir, y no Leósdóttir.

La mujer, Erla, se había mostrado recelosa desde el primer momento. Sin duda, la maldita zorra había adivinado a qué había venido. Sabía que tarde o temprano su monstruoso crimen saldría a la luz. Y lo había vigilado muy de cerca. Haciéndole difícil buscar pistas en la casa. Durante la madrugada, no obstante, había conseguido ir arriba, donde había encontrado el cuarto que Unnur había ocupado: era tal cual lo había descrito en la carta, pero ya no había nadie. Había roto a llorar ahí dentro, él que nunca lloraba; en ese instante, de algún modo, había presentido que su hija había muerto. Que él había llegado demasiado tarde.

Le había costado calar al hombre, a Einar. ¿Estaría al corriente de lo que le había ocurrido a Unnur? ¿Qué diablos había pasado en aquella casa, tan normal en apariencia? Allí había un ambiente cálido y acogedor, un árbol de Navidad en el salón y regalos bajo el abeto, el rumor de una radio de fondo; un hogar campesino islandés a la antigua usanza. Y ahí, sin embargo, algo le había sucedido a su hija, creía. Aun así, no podía estar seguro, todavía no. Las mentiras que les contaba resultaban un poco mal planteadas, todo el cuento de que se había perdido y, sin embargo, no había nadie buscándolo. De que no había visto ninguna otra casa... Gazapo tras gazapo. Por ello a la primera oportunidad había desconectado el teléfono, procurando no dejar rastro. Necesitaba más tiempo para sopesar la situación con calma y tranquilidad.

Y luego todo se había desmadrado.

De repente, se había encontrado en la misma situación que Unnur: encerrado bajo llave, justo en el mismo cuarto que ella. A lo mejor Einar sabía algo, o sospechaba algo, y quería proteger a su mujer. Y él había intentado escapar de ahí a la fuerza, pero en vano, a pesar de ser de constitución física bastante más fuerte que Unnur. ¿Cómo se habría sentido ella ahí? Su ira había ido en aumento y, cuando Einar entró con el cuchillo, se armó. Haukur Leó había intentado quitarle el arma, temiendo por su propia vida, y la pelea había acabado en desastre, aunque por fortuna él había salido ileso. En aquel momento, la suerte de Einar no podía importarle menos. Había matado a un hombre, pero había sido en defensa propia y aquel matrimonio era responsable de la desaparición de su hija. Todo había sido tan irreal..., la sangre, la muerte. Haukur Leó se había quedado inmóvil un rato, contemplando cómo la vida de Einar se iba extinguiendo, observando cómo se desangraba.

Luego había bajado corriendo a buscar a Erla, pero para entonces ella había desaparecido. Le ha-

bía costado dar con la mujer, pero, al final, la había acorralado y había escuchado su confesión, su descripción de cómo había matado a su hija. Una muerte absurda, sin motivo, la obra de una persona desquiciada. Solo porque la hija de Leó y la de Erla se parecían. Había visto una foto en el cuarto de invitados de una chica que supuestamente era, o había sido, Anna. Y desde luego que había un parecido —un parecido sorprendente, cierto—, en sus preciosos cabellos pelirrojos, incluso sus miradas no dejaban de asemejarse.

Había buscado en el sótano la pala más sólida y había intentado cavar. Sin resultado. ¿Cuánto tiempo llevaba ahí fuera?

Estaba muerto de frío y agotado, había perdido por completo la noción del tiempo, y no le entraba otra cosa en la cabeza que encontrar a Unnur. Y, aun así, se iba dando cuenta de que eso no iba a resultar. Tenía que buscar otra manera. Encontrar herramientas más efectivas o conseguir ayuda; o, sencillamente, llamar a la policía...

Había dado muerte a dos personas.

La primera vez había sido un accidente.

La segunda había sido un asesinato a sangre fría. Tenía que afrontar ese hecho. Había asesinado a esa zorra con premeditación, apretándole el cuello con fuerza hasta que dejó de respirar. Fue una sensación grata. Había vengado a su hija. Y luego, un instante más tarde, había caído en la cuenta de lo que había hecho. De que no había vuelta atrás, de que a partir de aquel instante todo había cambiado. Pero su mujer y él ya habían perdido a Unnur, así que tal vez el resto no importaba, al fin y al cabo. Ni siquiera había decidido si intentaría ocultar sus crímenes. Parecía un asunto secundario en el contexto general. Su hija había muerto.

Esto no tendría que haber acabado así.

Siguió intentando escarbar en el suelo helado. Era lo único que le entraba en la cabeza, pero apenas se apreciaban unos rasguños en el mantillo. Ahí era donde estaba sepultada, y él era incapaz de sacarle la tierra de encima a paladas. Era como vivir en una terrible pesadilla. Casi no podía respirar. Y el tiempo había empeorado, se estaba congelando y se moría de cansancio. Una y otra vez, no obstante, recobraba las fuerzas al acordarse de Unnur, y la adrenalina se precipitaba por su cuerpo, pero sabía que no podía seguir así mucho más. Debía descansar un poco, y también tendría que decidir si iba a solicitar ayuda. Por supuesto, podía acudir a la policía, confesar los homicidios y pedirles que localizasen a su hija. Podría afrontar las consecuencias y, sin embargo, pensó con horror en el efecto que eso tendría sobre su mujer. Ella se quedaría sola, con Unnur muerta y él en la cárcel... A lo mejor se libraba, quizá el juez tuviese en cuenta las circunstancias atenuantes y el estado en el que se encontraba, y decidía no imponerle ningún castigo. Aunque en el fondo sabía que era muy poco probable.

Dejó de arañar el suelo con la pala y echó una mirada hacia arriba. La potente tormenta de nieve lo zarandeaba y la visibilidad era prácticamente nula. Estaba atrapado en la vorágine de la tempestad, solo y abandonado; nadie sabía dónde se encontraba, confuso, exhausto en cuerpo y alma. Abatido por la noticia del final de su hija. Y de vez en cuando su pensamiento viajaba al hecho de que había cometido dos asesinatos. ¡Él! Un intachable padre de familia y abogado.

Quizá podría reposar un rato dentro de la casa, recuperar fuerzas. Debía descansar y, aun así, no tenía ganas de hacerlo. No podía pensar demasiado, no quería pensar en Unnur y su suerte. Era demasiado terrible. Y tampoco quería pensar en Erla y Einar, la gente a la que había matado. Tenía que hallar el modo de vaciar el pensamiento por completo. Sencillamente, no podía con todo.

Echó a andar hacia la casa y dejó la pala atrás. Más tarde regresaría y continuaría. No pensaba abandonar a su hija.

La puerta estaba cerrada con llave. Se le ocurrió romper el cristal, pero lo pensó mejor. Quería evitar dejar evidencias, por si acaso... Erla debía de llevar un juego de llaves encima. Bajó corriendo al sótano, a la oscuridad. Ahí estaba tirada —una mínima luminosidad procedente de la nieve se filtraba dentro—, ahí estaba la mujer a quien él había asesinado. Sintió náuseas y a punto estuvo de vomitar, pero consiguió respirar hondo, concentrarse en su cometido: encontrar las llaves. Y lo logró. Salió fuera a toda prisa, hasta llegar a la puerta de la casa. Tardó un buen rato en abrir; tenía las manos ateridas del frío, pero al final pudo entrar. Al acceder al recibidor y luego al salón, le pareció que el tiempo se había detenido, como si nada hubiera ocurrido: todo estaba preparado para la Navidad, para la Nochebuena, como si nadie hubiera sido asesinado, nadie yaciera en un charco de su propia sangre en la buhardilla... Se mareó. La idea del hombre arriba era abrumadora. Ahí no podía quedarse, ahí no podía echarse a dormir.

Entró en su cuarto. Su mochila seguía encima de la cama. La recogió y se apresuró a regresar al frío y la nevada.

La sensación era como la de chocar corriendo contra un muro. Se quedó paralizado un momento, el frío viento lo golpeaba y la nieve le impedía ver. Tenía ya demasiado frío, no podía seguir paleando. Tampoco podía volver a la casa y, sobre todo, estaba completamente ofuscado. Sin saber cómo actuar, cómo desenterrar a su hija, si debía confesarlo todo y afrontar las consecuencias... Era incapaz de pensar con claridad.

De modo que arrancó a caminar con la idea de acercarse a su coche. Era la única manera. Regresar al todoterreno, recuperar fuerzas allí, descansar, reposar un poco y luego intentar tomar una decisión razonada sobre los próximos pasos.

Había encontrado el camino hasta la casa a la

ida y tenía que ser capaz de hallar la senda de vuelta. Eso se decía, al menos, pese a que el tiempo había empeorado notablemente. La ruta había resultado bastante recta, con balizas aquí y allá para señalar la carretera. Sí, esa era la única opción factible.

Se acordaba más o menos de qué distancia había hasta la otra vivienda y, después, de allí al coche. De esa forma podría tratar de calcular lo que llevaba andado. Lo más importante era lograr ir en dirección recta, seguir la carretera, que estaba ahí, en algún lugar, bajo la nieve.

Haukur Leó caminaba con brío, a sabiendas de que el trayecto era largo y que tenía que mantener el impulso, procurar conservar el calor corporal, no dejar que el frío lo venciera. Notaba que le quedaban suficientes fuerzas, o eso pensaba en aquel instante, convencido de que conseguiría llegar hasta el final.

Vadeaba la nieve contra el viento, concentrado, decidido. Tenía que agachar la cabeza, no podía mirar al frente a causa del aguijón de la nieve, pero iba en la dirección correcta, estaba convencido.

20

¿Dónde estaba la casa abandonada? Necesitaba encontrarla para asegurarse de que se hallaba en el camino correcto de vuelta a su coche.

¿La había dejado atrás?

¿Era eso posible?

Tal vez fuera la ventisca, la escasa visibilidad, lo que había hecho que no la viera.

Haukur Leó llevaba caminando un rato muy largo y estaba seguro de que ya debería haber llegado hasta la casa. Sí, tenía que haberse pasado de largo.

De hecho, hacía bastante que no veía ninguna baliza, pero también recordaba que no estaban a lo largo de toda la carretera. Presentía que se hallaba encima de esta, sabía que el coche estaba cada vez más cerca. Que ya no podía faltar mucho. Seguro que aguantaría hasta allí. Tenía muchísimo frío —eso no se podía negar— y también estaba muy cansado. Era como si apenas le quedasen fuerzas ya, como si hubiera agotado todas sus provisiones, y mucho más.

Aun así tenía que llegar hasta el coche.

E iba a volver en él a la capital. Sí, ahora lo veía todo con más claridad. Iba a reunirse con su mujer, sentarse con ella, contarle la verdad. Seguramente, ya estaba muerta de miedo por él; se había esfumado justo antes de Navidad, como un completo idiota. Ella merecía más.

Sí, le contaría lo de Unnur, lo que le había hecho esa gente horrible. Era fuerte de carácter, no se derrumbaría. Y luego le contaría cómo había acabado su viaje al este. Que el matrimonio estaba muerto. Que la hija de los dos yacía enterrada en la huerta junto a la casa de la granja. Y, después, le pediría consejo a su mujer. Ella le sugeriría que se entregase a la policía, y él sabría también que era lo único correcto.

Estaban muertos, Erla y Einar, y, sin embargo, seguía furioso con ellos.

Había disminuido un poco el ritmo, ya no tenía las mismas fuerzas que al principio de la caminata. Se detuvo y miró alrededor, dándose cuenta de que el panorama era el mismo en todas direcciones: una pared blanca. Tuvo que reconocer que bien podría haber estado caminando en círculos. Que no tenía ni idea de dónde estaba.

Aun así, debía seguir adelante, con la esperanza de no haberse desviado del camino correcto.

Había perdido la noción del tiempo; no tenía la menor idea de cuánto llevaba andando. Todo aquello era completamente inútil. ¿Quizá debería darse la vuelta? No, eso no serviría de nada; la nieve había borrado sus huellas.

Tal vez lo mejor era sentarse en la nieve, intentar cavar un agujero en ella y resguardarse dentro. Descansar un poco. Confiar en tener una pizca de suerte, en que el tiempo mejorara. Aunque no albergaba ninguna esperanza de que eso ocurriera.

Sí, sería lo mejor. Encontrar un buen sitio en la nieve.

Volvió a detenerse y esta vez se sentó. La sensación era buena. Ahora, por fin, podría relajarse un poco; por fin, los músculos lograrían un mínimo descanso.

Se quitó la mochila de la espalda, la dejó en la nieve y apoyó la cabeza en ella, como en una almohada. No pretendía a dormirse, solo descansar un minuto.

Posó la mano derecha sobre el bolsillo de la parka donde guardaba la carta de Unnur. Tenía que cuidar esa carta.

Luego cerró los ojos, con el pensamiento puesto en su hija.

21

Hulda se había sentado en la última fila del avión, sola, lejos de los demás pasajeros.

Regresaba a casa.

El ruido era abrumador, pero intentaba que no la irritara. Tenía que mantener la calma durante todo el vuelo, pese a las turbulencias, la incomodidad del asiento que ocupaba y el café tibio que bebía a sorbitos con la finalidad primordial de no echárselo encima cada vez que el avión daba una sacudida.

El café estaba asqueroso, pero tampoco se podía esperar otra cosa, tratándose de café de avión. Se había comprado un periódico en el aeropuerto para leer durante el trayecto, aunque podría habérselo ahorrado, porque apenas había leído nada. Había hecho algunos intentos, pero una y otra vez se quedaba al borde de las náuseas, y luego estaba el olor que despedía el papel, ese olor a tinta, mezclado con el del queroseno y el del café tibio. No era un cóctel muy exquisito.

Sí, iba camino a casa.

El viaje había sido un calvario. Lo último que necesitaba era encontrarse atrapada con un grupo de extraños en un entorno desconocido, en pleno invierno y en medio de una tragedia. Como si no tuviera ya suficientes problemas en ese momento lidiando con su propio duelo.

Desde luego se había precipitado al aceptar aquella misión, se había precipitado al volver al trabajo. Ni de lejos se había recuperado, pensó, y en el acto lamentó ese pensamiento, porque lógicamente no iba a recuperarse jamás.

Tendría que aprender a esconder sus verdaderos sentimientos tras una fachada, no dejar a nadie entrar ahí y, en paralelo, comportarse con los demás como si nada hubiera pasado para poder seguir viviendo su vida, si a eso se le podía llamar vida.

El caso se había resuelto en la medida de lo posible. Lo más seguro era que nunca llegaran a descubrir todos los detalles de cómo había muerto Unnur, la pobre muchacha, aunque resultaba sencillo rellenar los huecos a partir de los antecedentes y la carta que había escrito a sus padres. La secuencia exacta de los acontecimientos que habían provocado la muerte de la pareja de la granja también era imposible de reconstruir, aunque presumiblemente quedaba claro quién era el responsable: Haukur Leó.

Cuatro personas habían perdido la vida y tres de ellas casi con toda seguridad habían sido asesinadas, pero nadie recibiría un castigo.

Así era su trabajo a veces, como un partido jugado en las lindes del día y la noche, en la penumbra. Ninguna victoria lo bastante dulce, ningún trabajo del todo acabado, ningún elogio, ninguna recompensa, el rompecabezas resuelto y a la mayoría les daba igual. Tal vez eso se ajustaba más a ella, la mujer en un mundo de hombres, que a sus colegas masculinos. Presentía tan a las claras, una y otra vez, cómo algunos de sus compañeros deseaban que cometiera errores, que no se mostrase tan eficiente como ellos. Era la explicación de su profunda necesidad de probarse a sí misma, de superarse una y otra vez y, sin embargo, ni siquiera eso bastaba.

Aun cuando, a menudo, las pequeñas victorias le proporcionaban ciertas alegrías; podía sentirse satisfecha por una labor bien hecha, incluso cuando los demás no lo mencionaran.

Esta vez lo único que sentía era un vacío. Pero había hecho un buen trabajo, a pesar de la falta de concentración; otros seguramente no habrían podido hacerlo mejor. Sin embargo, en su fuero interno había una especie de vacío que no lograba llenar, como si tuviera un agujero en el alma.

Y ahora se encontraba sentada en el avión,

agarrando el café que se enfriaba, consciente del frío que sentía en los huesos.

Iba de camino a casa, pero ¿qué le esperaba allí? ¿Podía llamar hogar al chalet de Álftanes?

Ya no.

Esa casa bien podría haberse derrumbado el día de Navidad, cuando la familia quedó hecha añicos. Y hacia allí se dirigía, no obstante. Allí tendría que vivir, por ahora; no tenía otro sitio adonde ir. En realidad, no.

Por supuesto, podría haber llamado a la puerta de su madre, pero no tenía intención de hacer eso. No estaban lo bastante unidas; Hulda lo sentía así, al menos. Eso, de algún modo, habría equivalido a rendirse.

Sabía que seguiría trabajando después de aquel viaje, pese a no estar en condiciones para ello. Además, Jón trabajaba mucho desde casa, mucho más que antes, y ella necesitaba poner distancia. En el trabajo lograba pensar de vez en cuando en alguna otra cosa que no fuera Dimma.

Iba a tratar de centrarse en algo que no le importara tanto. Era bien posible que su labor investigadora se resintiera por el hecho de no conseguir concentrarse al cien por cien, aunque les aseguraba lo contrario a sus superiores y, si era así, ¿qué se le iba a hacer? Ahora necesitaba ponerse a sí misma en primer lugar. Tenía que tratar de superarlo. Era la única manera. No recibía ningún apoyo por parte de Jón y, de todos modos, no lo habría aceptado. Parecía que él sabía que ella lo sabía, aun cuando ninguno de los dos decía nada.

En realidad, el silencio entre ellos era total.

Hulda daba por hecho que él se mudaría transcurrido el tiempo oportuno, que haría mutis por el foro. Pero ni siquiera en ese caso se libraría del todo de Jón. Podría toparse con él y sabría entonces que andaba suelto, que seguía vivo, viviendo su vida, mientras que Dimma yacía muerta en su tumba. En eso no había justicia de ninguna clase; muy al contrario.

A veces rumiaba hacer de tripas corazón y denunciarlo. Ir a por todas. Airear los trapos sucios de la familia; aguantar los cuchicheos sobre ellos, sobre ella, allá donde fuera; que las malas lenguas empezaran a hacer —en voz alta— las mismas preguntas que ella se había formulado una y otra vez: ¿Ella no lo sabía? ¿Por qué no hizo nada antes de que fuera demasiado tarde?

¿Por qué diablos no podía Jón afrontar su propia culpa y matarse?

¿Por qué no podía morirse, el muy malnacido? Hacerle a ella el favor de morirse. Restablecer un poquito de equilibrio en el mundo. Hacer una maldita buena obra en su miserable vida.

Antaño le había hecho ilusión volver a casa tras viajes como aquel, regresar al seno de la familia, al cálido chalet junto al mar, al acogedor refugio donde se libraba del ajetreo urbano de cada día. Pero eso había sido en otra época y, siendo sincera, esa sensación había desaparecido mucho antes de que Dimma se quitara la vida. Había sido un proceso largo y doloroso, durante el cual se había esfumado toda la calidez de la casa. No veía el día en que la vendieran. Si Jón no tomaba la iniciativa, lo haría ella. No podía soportar la idea de tener que pasar por delante de la habitación de Dimma una y otra vez, día tras día; el momento en que la encontró había sido tan terrible que anhelaba poder borrar su recuerdo, pero era imposible, su mente proyectaba continuamente esa misma imagen fugaz, en sueños y en vela, y Hulda sabía que aquel instante iba a permanecer con ella para los restos. En cierto sentido, era el último recuerdo de Dimma, aunque Hulda hubiera deseado de todo corazón poder centrarse en lo bueno, en los recuerdos hermosos.

Iba de camino a casa, al frío. La casa se había vuelto gélida e inhóspita en su mente, no se sentía bien en ningún rincón de ella. Ya ni siquiera conseguía disfrutar de salir al jardín y contemplar el mar. Se quedaba dentro, metida en la cama tardes y noches enteras, a veces cocinando algo cuando tenía mucha hambre, pero solo para ella. O se contentaba con la comida caliente al mediodía en la cantina del trabajo. Dormía sola en la habitación principal, Jón se había instalado en el cuarto de invitados.

Hulda tomó otro trago del café frío. Su sabor no había mejorado para nada. Tenía que intentar reunir valor para encarar la jornada.

Intentar aguantar, afrontando de uno en uno los días.

Intentar seguir trabajando, hacerlo lo mejor posible. No podía estar de brazos cruzados.

No tenía la más remota idea de cómo resultaría.

Había cumplido cuarenta años justos. ¿Dónde estaría dentro de diez? ¿O de veinte?

¿El recuerdo de Dimma se habría difuminado para entonces?

¿Y dónde estaría Jón?

Ellos dos no seguirían juntos, eso seguro, pero él se habría acomodado en otra parte, tal vez con una nueva esposa, tras enterrar cuidadosamente el recuerdo de lo que había hecho.

Sí, él seguiría vivo, mientras que Dimma estaba muerta.

De todos modos, el muy cabrón tenía una cardiopatía. Los médicos les habían dicho que no era nada por lo que preocuparse demasiado, siempre y cuando tomara su medicación con regularidad.

Qué solución más simple si dejara de tomar sus medicinas. Sería lo mejor para todos.

Y el ánimo de Hulda mejoró un poco al pensar en ello.

booket